산에 사는 사람은 산이 되고

산에 사는 사람은 산이 되고

유승도 산문집

도서출판 b

삶의 의미를 간직한 채 살아가는 사람들은 얼마나 될까? 살아가는 것이 재미있는 사람들은 또 얼마나 될까? 별다른 의미가 없더라도 그리고 특별한 재미가 없더라도 사람들은 살아간다. 삶의 의미나 재미는커녕 답답하고 쓸쓸하고 경제적 고통에 울부짖으면서도 살아가는 사람들 또한 많다.

요즈음의 나를 본다. 삶의 의미나 재미의 차원이라면 나 또한 별다른 게 없다. 담담하다고나 할까? 무슨 의미나 재미가 있어야만 살아갈 수 있는 것이 아니라는 말에 동의하게 된다. 삶의 의미와 재미를 찾을 수 있다면 그렇게 하는 것도 좋으리라 생각되긴 하지만 찾고 싶은 열정도 희미하다. 흘러가는 세상을 잔잔한 눈길로 그저 바라보고 싶다. 그 외에는 별다른 생각이 없다.

이 책을 내는 의미는 있을까? 막상 책을 내려고 하니 막막하다. 출판사에서 온 교정지를 앞에 놓고 '과연 이 책을 내야만 하는 것일까?' 하는 의문이 스친다. 그렇고 그런 수많은 책들 중에 또 한 권을 보태는 일 말고 무슨 의미를 찾을 수 있을까? 읽는 이에게 작은 재미 한 조각이라도 안겨줄 수 있다면 그나마 다행이겠지만 아무래도 자신이 없다. 그래도, 의미나 재미가 없어도 사는 것처럼 책을 낸다.

이 책의 제목처럼 나는 산이 된 건지도 모른다. 어차피 산에 사는 사람은 산이고 들에 사는 사람은 들이고 강에 사는 사람은 강이다. 그 외에 지금 내가 할 수 있는 말은 없다.

망경대산에서 2016년 가을

유승도

제4부

제1부

7월의 나무 그늘 아래 서면 수선화가 그리워진다

　포도밭의 풀을 깎다가 보니 이른 봄에 수선화가 노란 꽃을 흔들던 자리에 이런저런 풀들이 뒤엉켜 서로 다투며 자라나는 모양새가 눈에 들어온다. 수선화의 말라붙은 잎이라도 볼 수 있을까 하여 풀잎을 헤쳤으나 흔적조차 찾을 수 없었다. 갈수록 시력이 약해지는 탓이겠으나 시들어 땅에 누운 잎줄기 하나 보지 못하니 바람 따라 흔들리던 수선화의 모습이 보고프다. 막 피어나기 시작한 소녀와도 같이 청순한 얼굴의 꽃. 치맛자락처럼 나부끼던 기다란 잎의 수선화가 여름도 깊어가는 시절에 그리운 것은 또 무슨 일인가?

　집 앞 포도나무 밭 앞쪽의 길가를 따라 수선화를 줄지어 심은 건 겨울의 끝 무렵이었다. 아직 앞산의 눈이 모습을 채 감추기도 전이건만 삐죽삐죽 돋아나는 푸른 싹들을 보곤 뿌리채 캐어 알뿌리 두 개씩을 삼십 센티미터 정도의 간격을 두고 심었다. '옮겨 심어야지 옮겨 심어야지' 하면서도 한 해 두 해

미루던 일이었다.

10여 년 전 심었던 알뿌리 두 개가 번식에 번식을 거듭하면서 품에 안을 만한 무리를 이루었다. '저걸 옮겨 심어 수선화 꽃밭을 하나 만들어야지' 생각했던 게 2~3년 전이었다. 집으로 들어오는 길을 조금 넓히면서 포도밭과 접하는 부분이 허전하게 보이자 수선화가 떠올랐다. 올 봄 집 앞 길가에 수선화가 피어난 내력이다.

이식된 수선화가 있던 곳은 뽕나무 밑이 아니었으나 자라나는 가지가 수선화의 하늘로 손을 뻗치기까지는 몇 년이 채 걸리지 않았다. 그래도 수선화는 아무 일 없다는 듯 때가 되면 피어나 활짝 꽃을 피워 하늘거리며 하늘과 놀다가 문득 웃음을 거두며 다른 풀들에게 자리를 내주고 몸을 감추었다. 주위의 풀들이 우거질 즈음은 뽕나무의 잎도 자라나 그늘을 드리우는 시절이었다. 수선화에겐 뽕나무의 그늘이나 자신을 뒤덮고야 말 풀들은 아무런 문제가 아니었다. 나는 그 삶의 방식이 은연중 부러웠다. 그럴수록 수선화의 노란 얼굴이 가깝게 다가왔다. 수선화를 보면 굳었던 가슴이 풀리며 노랗게 물이 들었다.

"저번엔 비둘기가 쪼아 먹더니 이번엔 고라니가 다 뜯어 먹었더라고요. 이젠 씨를 다시 넣을 수도 없고, 조금 있다가 들깨모종이나 심을 수밖에 없겠어요."

　　그만 끝났으면 싶은 장마가 지속되는 가운데 언뜻 날이 개었던 오늘, 집 뒤 밭에 올라갔던 아내가 씩씩거리며 내려와 풀을 깎고 있던 내게 푸념 섞인 말을 내놓는다. 밭 한쪽이 숲에 붙어있다 보니 동물들이 작물을 내버려두질 않는다. 토끼와 비둘기와 꿩, 그리고 고라니와 너구리, 어쩔 땐 멧돼지까지 거들어 밭을 어지럽힌다.

　　"올가미라도 설치해서 잡아야지 안 되겠는걸."

　　몇 년째 이어지는 피해에 대해 아무런 대책도 없이 산다는 것도 이상한 일이었다.

엉망이 된 밭도 확인해 볼 겸 집 뒤로 걸음을 옮기다보니 어디서 기다리고 있던 것인지 잠자리가 떼를 지어 눈앞을 조각조각 어지럽게 가른다. '그래 너희들도 때를 만났구나. 모기나 좀 많이 잡아먹어라.' 말을 하고 나니 섬뜩한 느낌이 따라붙는다. 먹고 먹히는 모습을 장난삼아 얘기해선 안 될 일이었다.

매화나무 아래서 가만히 발을 멈추고 집과 밭을 둘러싼 숲을 바라본다. 나도 어찌 수선화처럼 좀 살 수 없을까? 오늘따라 수선화가 그리워진다.

나를 돌아보며 나를 찾으며

뻐꾹 뻐꾹 뻐꾹 뻐꾹. 뻐꾸기 소리가 들려온다. 푸르른 소리다. 녹음이 짙은 숲의 빈 공간을 비집고 들며 푸르름을 꽉꽉 채운다. 지게를 지고 개울을 건너 밭으로 일을 나가시는 아버지의 뒤를 따라가는 어린 내가 보인다. 개울물에도 푸르름은 내려앉아 세상이 온통 푸르다. 빈틈없이 들어찬 푸르름의 세계. 바라보니 내 몸까지 푸르다. 그런데 이 낯익은 소리는 또 뭔가? 아내와 아들이 두런거리는 소리가 들려온다.

창문이 환한 걸 보니 10시는 넘은 게 분명했다. 천천히 일어나 커튼을 열고 햇살을 받는다. 마당 너머 숲으로 이어진 세상은 잠시 전의 꿈처럼 푸르다. 뻐꾸기 소리도 앞산과 뒷산 사이의 공간을 울리고 있다. 아들이 학교에 가지 않은 걸 보니 오늘이 토요일인 모양이구나.

중학교 3학년인 아들과 아내와 더불어 아침을 먹는다. 아내와 아들한텐 점심이지만 내게는 아침이다. 해가 중천에 떠있

는 시간이다. 잠을 많이 자는 것은 아니다. 밤이 새벽으로 향
하는 시간인 서너 시, 어쩔 땐 네다섯 시에 잠에 든다. 자고
싶을 때 자고 일어나고 싶을 때 일어난다. 오래된 버릇을 떨치
지 못하고 늦게 자니 늦게 일어나는 것이 당연하다. '버릇을
떨치지 못했다'고 했지만 버릇을 고칠 생각을 가진 적이 없다.
　식사 뒤 마루로 나와 느릅나무 껍질을 넣고 끓인 불그스레
한 빛의 차를 마시며 마당가의 나무들을 바라본다. 15년이 바
람에 얹혀 흘러갔다. 백일을 갓 넘긴 아들을 안고 아내와 함께
방 한 칸 대충 손본 집으로 들어왔다. 3년 남짓 사람이 살지

않던 집이어서 손을 볼 곳이 많기도 했다. 살면서 고쳤다. 농사를 지으며 수리하는 일은 진척이 쉽지 않았다. 5~6년이 지나서야 그럭저럭 살 만한 집이 됐다. 무릎 높이의 풀줄기 같았던 살구나무는 집의 지붕을 굽어보며 하늘을 가리고 숲을 막아선 키다리가 되었다. 그 옆의 뽕나무는 그때도 작지 않았지만 이젠 거목이 되어 오두막을 품에 안을 듯 버티고 섰다. 3년 전에도 옆으로 뻗은 가지가 튼실해 그네를 달았다. 두 달 전엔 아들의 운동 상대로 샌드백도 매달았다. 학교를 오가며 아들의 발과 주먹에 혼쭐이 나곤 하는 샌드백을 따라 뽕나무의 가지도 때마다 흔들린다.

정도가 깊고 얕은 차이는 있을지언정 시가 돈이 되지 못한다는 건 습작시절을 거치며 알고 있었다. '스스로 먹을 정도를 마련한다면 시를 쓰며 살아갈 수도 있지 않겠는가?' 막연하지만 그렇게 생각했다. 전세금을 빼서 지금의 터를 마련하여 들어온 그해 봄부터 농사를 지었다. 먹지 않고는 무엇도 할 수가 없으니 농사를 거를 수는 없었다. 농사지으랴 집 고치랴 글 쓰랴. 어지러운 날들이 이어졌다. 아내는 아내대로 집안일 하랴 아이 키우랴 농사일 도우랴 나 못지않게 바빴다.

마을 안에선, 귀농이란 말에 어설프게나마 어울리는 첫 번째 가족이 우리였다. 마을 사람들은 '뭐하려고 산골에 들어왔냐' 물으며 의심이 가득한 눈빛으로 바라보았다. 공무원들까지도 내 허름한 차림새를 보며 반말로 대하기 일쑤였다. 심지어 전화선을 연결하러온 전화국 직원이나 토지 경계를 측량하러온 지적공사 직원들까지 사람을 위아래로 훑어보며 아랫사람 부리듯 했다. 젊은 놈이 싸가지 없게 수염을 기르고 난리냐며 당장 깎으라고 시비를 걸어온 마을 사람과는 도끼를 휘두르는 싸움까지 벌였다.

이천여 평의 밭에 고추와 콩을 심고 기타 감자와 옥수수, 고구마, 채소 등을 조금씩 가꾸었으나 생활을 유지하기에도 벅찼다. 형들이 놀러왔다가 놓고 가는 용돈에 의지해 몇 년을 살았다. 그런 가운데서도 첫 시집이 발행되고 산문집도 나왔다. 원고 청탁이 들어오기 시작했으나 제대로 된 글이 나오지 않았다. 작품이 실린 잡지를 받아보면 아쉬움이 일곤 했다.

시도 잘 써지지 않았고 농사도 제대로 되지 않았고 사람들과의 부딪힘은 이어졌으며 집 고치기는 더뎠다. 무엇도 마음대로 되지 않았다. 찾아온 지인들과 어울려 밤새도록 술을 마시는 일이 그나마 나의 즐거움이었다. 뭔가 결정을 내려야 했다.

농사를 축소했다. 세 사람 먹을 것만 짓기로 했다. 그리고 좀 더 많은 시간 동안 글을 쓰며 보내겠다고 마음먹었다. "남의 마을에 와서 공짜로 나무를 베어 때니 좋겠네." 나무를 공짜로 땐다고 하는 마을사람의 말이 듣기 싫어 화목보일러도 연탄보일러로 바꾸었다. 그때부터 마을의 장례행사나 결혼식은 물론 일반적인 모임에도 가급적 참석하지 않았다. 나와 자연과 글에 집중하려 노력했다. 마을일에 협조하지 않는다며 뒷말을 하는 수군거림이 들려왔다. 그렇거나 말거나 신경 쓰지 않았다. 이 세계 전체와 맞설 자신이 없다면 나의 자유는 보장되지 않는다는 걸 알고 있었다(아울러 자신만의 세계도 확보할 수가 없다). 자신을 위해 무리를 이루고 파벌을 만드는 어리석은 짓을 하지 않으려면 강해져야 했다.

보름 전에 심은 고추 모종이 잘 자라고 있나 어쩌나, 집 뒤 밭으로 발을 옮겼다. 숲은 푸르건만 밭의 작물은 기세 좋게 자라나기에는 좀 이르다. 모종이 제자리를 잡아나가는 중이어서 퍼런 기운이 보잘것없다. 콩을 심을 공간은 아직 갈아놓은 흙빛 그대로의 몸으로 누워있다. '오늘 저녁엔 고추 모종 사이에 지지대를 박는 작업을 해야겠구나' 생각을 하며 집으로 발을 옮겼다. 저물녘에 두어 시간만 할애하면 된다.

늦은 저녁을 먹고 책상 앞에 앉으니 편안하다. 중학생 시절, 이시영 시인의 『만월』이라는 시집을 읽으며 가슴이 서늘해지던 기억을 나는 아직도 잊지 못한다. 김소월이나 서정주 그리고 정지용과 백석, 박목월, 박재삼, 김종삼을 거쳐 칠팔십 년대의 팔팔한 기운을 간직한 시들을 읽던 감동을 나는 여전히 가슴에 간직하고 있다. 아기의 울음소리와 죽음에 임박한 거친 숨소리, 땅에 뒹구는 꽃잎 위로 내리는 비, 바람 따라 일렁이는 나무와 풀잎, 깊은 산속 작은 꽃들의 손짓, 소녀와 별빛, 어둠 속의 비바람 끝에서 일어서는 아침, 가도 가도 가까이 오지 않는 수평선과 끝을 알 수 없는 하늘, 매일매일 어제처럼 살아가는 사람들, 바람을 탈 줄 아는 새들과 땅속에서 살아가는 동물들. 이 모든 간이역들은 아름답고 슬프고 감동적이다. 그 속에 시가 있다.

나는 죽음을 바라보며 시를 쓴다. 죽음을 바라볼 때, 지금의 나와 나를 둘러싼 현실이 선명하게 보이기 때문이다. 자신을 바라보며 마음을 갈고닦는 수단으로 시를 가까이하여 온 전통을 가지고 있는 나라가 한국이다. 그런 의미에서 본다면 시는 곧 '나를 찾아가는 여정'이다. 나는 나를 알지 못하며 나를 찾고 싶다.

어깨를 누르는 경제적 궁핍에서 나는 지금도 자유롭지 못하다. 요즘은 아내가 나서서 방과 후 학교 선생 등의 일로 무게를 덜어준다. 아내에겐 못내 미안한 남편이다. 그러나 못 사는 사람 눈치 보지 않고 놀며, 가진 자에게 고개 숙일 일 없으니 홀가분한 삶이다. 무엇을 더 바라겠는가? 시를 쓸 수 있는 날까지 쓰다가 죽을 수 있다면 '한 번 살아볼 만은 했다'고 말하며 눈을 감을 수도 있겠지.

사람은 어디로 가나

어쩌다 잠에서 깨어 밖으로 나가니, 머리를 당기는 기운이 있어 문득 올려다본 하늘에 별빛이 눈보라처럼 휘날리고 있다. '어!' 그래, 하늘엔 별이 있지. 오래전부터 잊고 지낸 빛이다. 맑다. 언제였더라. 지나간 시간은 종잡을 수가 없다. 태어나기 전의 어떤 세상에서 본 듯도 하다.

하늘은 비지 않았다. 이 단순한 발견 앞에서, 알지 못하던 것을 깨닫기라도 한 것처럼 가슴 가득 별을 담으며 서 있으니 나도 하나의 별이라는 생각이 스쳐간다. 저 별들과 함께 내가 있다. 은하수 속의 별들 중 하나가 나임을 나는 알지 못했던가? 의문이 가슴 밖으로 번지며 은하수 흐름에 실려 하늘 저편 별빛 너머로 나아간다.

북두칠성과 북극성을 뒤로 하고 백조자리를 스쳐 지나 은하의 중심을 향하여 나아가는 마음을 따라서 가만히 시선을 옮기다보니, 아이고 뭐가 이리 많은가! 밤하늘에 촘촘히 박힌 별들이 가슴을 채우고 넘쳐흐른다. 세상의 끝을 상상할 수 없다면 별들의 수를 가늠한다는 것도 가능한 일이 아니라는 생각에 마음이 기울 즈음, 뭔가 발을 타고 오르는 게 있다.

별들을 향해 가는 건 내 시선이나 마음만이 아니었다. 적막한 밤인 줄 알았는데, 가만히 귀를 파고드는 소리들이 별빛만큼이나 세상을 가득 채우고 있다. 소리 없는 소리다. 무엇도 흔들지 않고 흐르는 소리다. 내가 인식하지 못하는 동안에도 소리는 어딘가를 향하여 가고 있었다.

가을을 맞아 한결 가벼워진 풀벌레들의 소리가 지상을 벗어나 하늘로 오르고 있다. 별을 향해, 소리의 다리를 잇고 있다. 다함이 없이 퍼져나간 별들의 세상처럼 풀벌레 소리의 흐름도 끝없이 이어진다. 풀벌레 소리들도 별들이었나! 지상의 모든 존재들은 별들이었나? 땅이 별이니, 지상의 모든 것이 별이 아니라고 말할 수는 없다.

'깜빡 깜빡' 하늘을 가로지르는 별도 보인다. 그중 낮게 뜬 별이다. '우우웅……' 하늘을 울리며 별은 어딘가를 향해 간다. '비행기'라는 이름을 가진 별이다. 사람이 만든 별. 사람이 타고 있는 별. 작디작은 지구다. 별을 만드는 재주를 가진 생물이 사람이다. 별을 바라보며 별을 세다가 별을 만들어 타고 어딘가를 향해 가는 사람들.

해와 낮달만을 간직한 낮의 하늘에 비하니 밤하늘은 무진

장한 별들의 세계. 낮 동안 짙푸른 공간으로 있던 하늘이 해가 지고 밤을 맞아서야 가려졌던 제 모습을 얼마간이라도 드러내고 있다. 모습을 다 드러낸 듯이 보이던 낮보다 하늘의 모습을 더 넓고 깊게 보여준다. 낮은 나를 둘러싼 나무와 산·밭·집·길·사람·닭·개·고양이·새·구름 등을 뭉뚱그려 하나의 덩어리로 만들어 먹고 먹히는 삶을 유지시켜 주었으나 햇살 너머의 세상으로부터 나를 차단시키는 역할 또한 하고 있었음을 밤하늘 아래 서니 알겠다.

낮에는 보이지 않던 세상. 나와는 상관없다고 여겨지던 세상. 멀고 또 멀어서 잡을 수도 없고 다가갈 수도 없다고 생각하던 세상. 그런 세상이 밤하늘 아래 서니 가깝게 보인다. 이 세상엔 나와 상관없는 것도 없고 내가 아닌 것도 없다는 걸 부정하지 못하게 한다. 손을 뻗으면 잡을 수 있을 것도 같은 느낌을 넘어 나와 다르지 않은 몸임을 알게 한다.

별들이 가득한 밤하늘을 바라보고 있으니 닫혔던 가슴이 열리는 소리가 들린다. 멀리서 반짝이는 별들, 잊었던 나의 모습을 바라보며 좁디좁은 마음을 풀어낸다. 낮이 현미경의 세계라면 밤은 망원경의 세계다. 밤하늘의 별들은 우주적 존재로 건너가는, 사람의 징검다리다.

드넓은 품을 간직한 '나'를 보고 싶다면 밤하늘을 바라볼 일이다. 거기 우주의 한 부분을 차지한 채 당당하게 반짝이는 내

가 있다. 머리를 조아리지도 않고 웃음을 만들어 짓지도 않으며 좁지도 자잘하지도 않은, 우주의 가슴을 간직한 사람이 있다. 언제나 바라봐도 환한 얼굴이 거기에 있다.

인간의 모습으로 있는 동안, 밤하늘의 저 별들과 두 발 디디고 선 이 별 사이의 작은 별로 내가 존재하고 있음을 알게 된 것에 대해 하늘에 감사한다. 내가 죽어도 나는 이 세상의 별일 것이다.

별들이 농담처럼 내개 묻는다. 너는 죽어 누구 옆으로 갈 거니?

대답을 뒤로 미루며 달라붙는 생각이 있다.

살아 있는 날까지 자신이 별이란 걸 잊지 않고 살아간다면, 혹시 모를 일이다. '반짝 반짝' 빛나는 인간이 되어 살아갈 수 있을지도.

자연의 손길

"고라니가 뜯어먹었나봐. 지금 뜯어먹으면 고구마가 달리질 않을 텐데."

일찍 일어나 밭을 한 바퀴 돌아보고 온 아내가 힘없이 얘길 꺼낸다. 집에서 조금 떨어졌다 싶은 밭은 어김없이 야생 동물이 흔적을 남긴다. 인간이 심은 작물도 산속 동물에겐 맛있는 먹이일 뿐이다. 올무나 덫을 설치하여 잡는다는 것도 법 이전에 마음이 썩 내키지 않는 것이어서 미적미적 하루하루를 넘기다보니 손해가 제법 눈에 띈다.

그래도 다행이라고 하면 낭만적인 소리라고 할까, 배부른 소리라고 할까? 세 사람의 가족이 먹을 걸 충당하는 소규모 농사여서, 피해를 당했다고 해보았자 기실 얼마 되지는 않는다. 숨 한 번 크게 들이켜고 잊어버려도 될 만하다. 그러나 역으로 생각하면 그렇지도 않다. 조금씩 다양한 작물을 기르기에 야생동물이 조금만 어찌해도 당장 먹을 게 궁해진다. 그렇

다 해도 이거 아니면 저걸 먹으면 되는 면이 있어서 그럭저럭 넘어간다 해도 큰 영향은 없는 게 솔직한 형편이다.

하 그 자식들. 이걸 진짜, 한 번 잡아먹어!

마음 깊은 곳에서는 그냥 넘어가자고 작정했으면서도 막상 해를 입은 밭의 모습을 보면 욕이 튀어나온다. 그래도 어쩌랴. 죽일 만큼의 화는 나지 않으니. 아무래도 배가 고프진 않은 모양이다. 그렇다면 수확이 가능한 작물을 보살피면서 부지런히 거둬들이는 일에나 신경을 쓸 일이다.

"올해는 탄저병이 돌지를 않아서 다행이네."

"다른 집도 병이 돌지는 않았다고 그러네요. 한창 클 때에 가뭄이 들어서 그런 모양인데, 그래서 그런지 많이 달리진 않았어요."

"먹고 형과 누님께 보내줄 만큼이야 나오겠지."

"그 정도야 나와야죠."

아내와 얘기를 주고받으며 어제 딴 고추를 물로 씻어 건조기에 넣다보니 해가 뉘엿뉘엿 서산 위로 기운다. 고추밭에서 익어가는 붉은 고추는 얼른얼른 따서 말려, 언제라도 고춧가루로 만들 수 있는 상태로 창고에 넣어 놓아야 내 것이었다.

고추는 비닐하우스를 이용하여 10년 넘게 태양초로 만들어왔으나, 장마가 아니라 우기라고 하는 말이 전해주듯이 몇 년 전부터 찌질찌질 언제 끝날지 모르게 비가 이어지곤 하면서 말리는 작업이 쉽지가 않았다. 아내와 상의 끝에 태양초를 포기하고 전기로 작동하는 고추건조기를 작년에 들여놨다. 연리 3%의 이율로 정부에서 건조기 값을 대출해주는 제도가 있어 활용했다. 장비가 또 늘어났다. 살아가면서 비우긴커녕 자꾸 늘려가기만 한다. 마음에 들지 않는 노릇이다. 자급자족을 위해 짓는 자그마한 농사라고는 해도 농사는 농사여서 이런저런 장비를 갖추는 일을 마다할 수 없긴 했지만, 썩 내키는 일은 아니었다.

쌀농사를 짓지 않으니 고추를 팔아 쌀을 마련한다. 먹을 만큼의 범위를 넘어 고추를 재배하는 이유다. 잘 말려 돈이 되게 하지 않을 수 없는 이유이기도 하다. 작물이 돈으로 계산되는 건 장비가 늘어나는 것만큼 내키는 일이 아니다. 따는 고추 하나하나가 돈의 얼굴로 다가오는 순간부터 고추는 더 이상 고추가 아니었다. 꽃을 재배하거나 파는 사람의 마음이 꽃같이 예쁠 수 없는 까닭은 그들이 팔거나 재배하는 꽃은 꽃이 아니라 돈이기 때문이다. 농사를 통해 돈을 벌려고 하는 현대의 농부들은 작물을 돌보며 자신의 모습을 그 속에서 찾아가는, 자연의 이치를 따르는 사람들이 아니다. 돈을 바라보고 돈의 뒤를 따르며 살게 되면서 농부들은 제초제와 살균·살충제를 아무런 거리낌도 없이 밭에 쏟아붓게 되었다. 자신이 먹을 채소는 집 가까운 곳에 따로, 약을 치지 않고 재배하여 먹는 일도 흔하다. 내다파는 것과 자신이 먹는 것의 분리가 일어나는 곳에서 전통적인 농부의 모습이 들어설 자리는 보이지 않는다. 좁은 쇠창살 속에 가둔 채 기름진 사료와 항생제를 먹여 살을 찌운 소를 팔면서 자식 같은 소라고 목소리를 높이는 사람처럼, 농부는 이제 장사꾼과 구별되지 않는다.

조금만 세밀하게 바라본다면 작물에게 닿는 게 사람의 손길만이 아님을 알 수 있다. 햇살 그리고 비와 바람 등의 자연이 늘 함께한다. 자연의 수고가 배제된 수확물은 있을 수 없다. 자연에 대해 감사한 마음을 갖자는 말을 하려는 게 아니다. 자신의 손길만 바라보는 좁은 시선을 경계할 줄 알아야 그나마 농부라고 할 수 있지 않을까?

　'가을장마'가 그친 틈을 타고 햇살이 내리는 맑은 날이다. 이불을 꺼내 빨랫줄에 내건 마당을 바라보며 고추를 씻는다. 탄저병이 돌면 아예 딸 것이 없는 고추만큼은 나도 부지런히 농약을 쳐서 수확을 한다. 속죄라고나 할까? 고추 끝에 맺혀있는 하얀 약물의 모습을 행여 하나라도 지우지 못할까 한 개 한 개 물로 씻어내며 푸른 하늘을 바라본다. 고추잠자리들이 하늘을 휘저으며 떼로 날아다닌다. 문득 삼자리들의 가벼운 날갯짓을 따라 나도 날아다니고 싶다. 벗어날 수 없는 세상을 벗어나고자 한다면 더욱 무거워지는 몸을 느낄 수밖에 없음을 번연히 알면서도.

우리네

　'들어왔다'는 한 마디가 공통사항이라고 할 수 있겠다. 어디선가 들어온 사람들이다. 차로 30~40분 이내에 닿을 수 있는 거리에 흩어져 살고 있어 언제라도 보고 싶으면 볼 수 있는 이웃들이다. 여기서 태어나고 자란 사람도 있으나 그도 서울로 나갔다가 다시 들어온 경우다.

　헤어보니 8가구의 부부와 자식들로 이루어진 모임이다. 모임이라고는 하지만 정기적으로 모이지도 않고 회비를 걷지도 않고 이름도 없다. '무(無)'라고 부르자는 우스갯소리에 사람들이 동의를 하긴 했지만 장난으로 끝났다. 모이게 된 무슨 계기가 있지도 않았다. 둘이 만난 자리에서 한 사람이 아는 사람을 소개하여 셋이 만나게 됐고 그중에 한 사람이 자신이 아는 사람을 소개해서 넷이 됐고, 그렇게 늘어 여덟 사람이 알게 되었다. 일 년에 한두 번, 날짜를 정해 만나서 음주가무도 즐기고 세상 이야기도 좀 해보자고 누가 말했더라? 그것도 아리송하다. 남자들만 모이기도 어색한 일이고 보니 부인들도 함께하기로 했고 자연히 아이들도 따라왔다. 이러니 모일 때 마땅한 명칭이 없어 '우리네'란 모호한 이름을 사용한다. "우리네 언제 또 만나지?" 하는 식이다.

"구우넨 잡채, 이도넨 부침개 반죽, 엄 선생네는 삼겹살, 술하고 음료수는 어디? …… 으응, 그래 그럼 다솔네가 술과 음료수, 그리고 내가 과일 이것저것 마련해서 갖고 가고, 천막은 상연이네, 우리 차에 족대 두 개 있으니까 고기 잡는 준비는 달리 할 필요 없겠고……."

전화 통화를 하는 아내의 목소리는 이번에도 살짝 들떴다. 회장도 있고 총무도 있지만 형식적이어서, 있어도 없고 없어도 있는 거와 같으니, 매년 노는 날도 마음이 움직이는 이가 나서서 날짜와 장소를 정하고 각자 집에서 준비해 올 음식이며 술이며 장비가 서로 겹치지 않게 배분한다.

"올핸 좀 걸쭉하게 한잔해야 하는 거 아녀? 마시다 만 것처럼 입맛만 다시다 헤어지자니 영 미지근하잖아. 좀 화끈하게 마셔보자고."

"제일 바쁠 나이인 건 인정해야 돼. 아이들이 커 가는데 돈도 벌어야지. 어때, 요즘 돈 좀 벌리나?"

아이 둘이 고등학교에 들어가자 농사일을 놓고 읍내의 음식점을 인수해 출퇴근을 하며 돈을 버는 다솔 아빠를 향해 구

우 아빠가 넌지시 물었다.

"농사짓는 것보단 낫죠. 애들 대학 졸업 때까진 딴생각할 수도 없게 됐어요. 돈은 그럭저럭 벌리는데 시간이 없어요. 아침부터 밤까지 쉴 틈이 없어요."

"이도 아빠 집 한 채 지으면 수익이 꽤 되잖아?"

"에이 그렇지 않아요. 내 인건비 겨우 따먹기죠. 가까이 사는 사람들에게 아무렇게나 대충 지어줄 수도 없고. 값싼 자재를 사용하려니 간이 작아서 힘들고."

"그나저나 올핸 내 옥수수나 좀 팔아줘. 여기저기 심어놨더

니 은근히 걱정되네. 올핸 농사규모를 사천 평 정도로 좀 늘였
거든."

오가는 얘기들이 돈과 연관된 생활 얘기들이다. 삼사 년 전
만해도 세상 돌아가는 모습에 대해 불평불만을 털어놓으며 분
노의 소주잔을 기울이거나 어떻게 살아야 할지 혹은 마을 안
에서 사람들과 부딪히는 일 등등 조금은 고뇌에 찬, 쓸쓸하면
서도 아픈 얘기들을 나누었다. 그래서 그랬는지, 술자리는 어
둠이 내릴 때까지 이어지기 일쑤였고 가까운 집으로 몰려가
밤이 깊도록 자리를 잇기도 했다. 날밤을 새우고 아침 햇살을
받으며 헤어지거나 그 자리에 쓰러져 잠에 들기도 했다. 좋은
줄 모르고 지나간 좋은 세월이라고 해야 할까?

"애가 초등학교에 들어갔지?"

"이제 일학년이래요."

사십이 넘어 결혼한 탓에 가장 늦게 아이를 낳은 상연 아빠
가 엄 선생의 질문에 멋쩍게 대답을 한다.

"한참 때 술병을 어금니로 멋있게 딴 죄를 저서 그런지, 이
가 앞니 몇 개 남고 다 빠졌는데 참 큰일이래요."

"세월이 빠르긴 빠른 모양이네."

세월이 빠르다는 말에 누구도 뒷말을 달지 않는다. 다 수긍
을 하는 자세다.

"…… 아호호호호호 ……"

둘러앉아 술을 마시는 남정네들과는 좀 떨어진 곳에 모여 앉은 여인네들은 오히려 몇 년 전보다 더 활기를 띠고 있다. 함께 술을 마시는 것보다 여인네들끼리 모여앉아 잡담을 나누는 게 더 재밌다며 술자리엔 끼지도 않아, 다가가 술을 따라 줘야 겨우 한두 잔 받아 마신다. 그것도 반가워하는 기색이 아니니 권하기도 민망스럽다.

그런 중에도 올해의 놀이터인 구우네 집 앞 계곡의 물줄기는 우리네 얘기들을 삼키며 쉼 없이 흘러갔고 해는 서산으로 바짝 기울었다.

"우리도 이제 저세상 갈 준비를 해야 하는 거 아닌가 모르겠네."

주섬주섬 술자리를 치우고 주위에 버려진 쓰레기들을 주워 모아 자루에 담은 뒤, 가지고 온 짐을 차에 옮겨 싣는 사람들 속에서 누군가 툭 던진 말이 가슴을 파고든다. 그가 누군지는 보지 않아도 알 수 있으니 굳이 고개를 돌릴 이유도 없었다. 서로 말이 통하는 사람들이 주위에 있어 그동안의 삶이 쓸쓸하지만은 않았다. 투덜투덜, 마음에 들지 않는 세상과 사람들에 대해 얘기를 나누며 함께했던 시간들이 보인다. 서로 주고받은 것은 비록 많지 않아도 보고자 하면 볼 수 있는 거리에서 살고 있다는 사실만으로도 힘이 되었던 사람들이다.

집을 청소하면 왜 내 마음이 맑아질까?

　"······ 뭐 필요한 것 없어?"

　"그냥 가볍게 와. 웬만한 건 다 있거든."

　전화를 끊으며 또 '아차' 싶다. '가볍게 오'라는 말은 하지 않았어야 될 말이었다. 가볍게 오려 한 사람한텐 무겁게 들릴 말이요, 무겁게 올 사람에겐 더욱 무겁게 들릴 법도 한 말이다. 내 마음을 알아준다 해도 하지 않음만 못한 말이었다. 쓸데없는 말만 늘어놓으며 살아가는 것 같아 씁쓸하다.

　문밖으로 나가니 마루에 널려있는 것들이 눈에 거슬린다. 읍내 쇼핑센터에서 산 물건을 담아온 상자 두어 개와 고추꼭지를 따며 사용한 고무 다라이 두 개가 탁상에 올려진 채 있다. 그 옆엔 포장용 테이프와 언제 누가 갖다 놓았는지도 알 수 없는 밤 한 톨이 눈에 보일 듯 말 듯 놓여있다. 마루 귀퉁이엔 낫과 흙 묻은 면장갑과 아들이 갖고 놀다가 내팽개친 나무작대기도 있다. 진흙으로 만들어 구운 손님용 재떨이도 있

다. 안쪽엔 지난달에 다녀간 사람이 사온 소주 상자도 있다.
뜯어진 상자의 윗면을 들춰보니 반 정도의 공간에 멀쩡한 소
주병이 들었다. 상자 안에 있어 먼지도 앉지 않은 말끔한 모습
이다. 손님이 사와서 먹고 남았던 쌈장 통도 송홧가루를 덮어
쓴 채 얌전히 앉아있다. 엎어진 빈 플라스틱 음료수병 옆에서,
언제 어디에 썼는지도 모를 스프레이 통도 올곧게 서있다. 철
사꾸러미와 망치도 눈에 띈다. 아들과 내가 집 앞 길에서 몇
번 사용했던 배드민턴 채도 던져놓은 상태 그대로 있다. 마루
앞쪽으로 시선을 옮기니 우산이 두세 개 놓여 있고 창고에 있
어야 할 콩이 비닐봉지에 담겨진 채 있다. 작업모자도 아무렇

게나 뒹굴고 누가 어디서 왜 꺼냈는지 고개가 갸우뚱해지는 모기향도 서너 개 너부러져 있다.

버릴 건 버리고 남은 물건들은 제자리를 찾아 옮기고 드러난 자리를 빗자루로 쓸다보니 마루와 잇닿은 벽의 이곳저곳에 둘러쳐진 거미줄도 거슬린다. 청소기에 전원을 연결시켜 쭉쭉 빨아들이곤 내친 김에 손님방으로 쓰는 뒷방으로 청소기를 들고 갔다.

손님이 가고난 뒤 청소를 했던 방이건만 나방과 거뭇거뭇한 깨알 같은 날벌레들의 주검이 창문 근처의 방바닥에 널려있다. '윙윙' 청소기로 작은 주검들과 보이지 않는 먼지들을 빨아들이고 있는데 뒤따라 들어온 아내가 구석에 쌓여있던 이불과 요를 들고 나간다. "햇볕에 널어 말려야죠. 소독도 좀 시키고." 하긴 언제 이런 대청소를 하겠는가? 손님이 오지 않는다면 아마도 일 년에 한두 번 하고 말 일이다.

이왕 움직인 손이니 마당도 스쳐갈 일이 아니었다. 허여멀건 막걸리 통 여섯 개를 종이 상자에 담았다. 먹다가 남은 막걸리를 담 아래 모아두었으나 먹기에는 시간이 넘치게 지나갔다. 뒷밭으로 옮겨 채소밭 골에다 부어주며 막 기세 좋게 몸을 뻗는 채소들을 바라본다. 며칠 전 김을 맨 밭은 흙빛이 선명해 채소의 푸르름을 더욱 푸르게 만들고 있다. 김을 맨다는 건 어찌 보면 집을 청소하는 것과 같다. 다시 마당으로 돌아와 제멋

대로 난 풀들을 뽑아 포도밭에 던지고 창고 옆이나 담가에 무질서하게 서있던 괭이와 삽, 싸리를 엮어 만든 빗자루 등도 창고 앞으로 한데 모아 가지런히 정렬했다. 일렬횡대로 차려놓으니 무슨 농기구 전시회를 연 것도 같다. 아무렇게나 벌려두기보다는 질서 있게 간추려놓은 모습이 보기 좋은 걸 보니 나도 욕망에 사로잡힌 인간의 모습에서 한 발자국도 벗어나지 못한 존재임이 분명하다. 그래서인지 구석에 덩그러니 놓인 가마솥이 가까이 와 닿는다. 욕망이 하나 가득 들었음직한 가마솥을 여니 바닥에 녹이 번지고 있다. 물을 부어 수세미로 닦아내고 안팎으로 기름을 칠해 말끔하게 단장하니 가슴이 한결 가볍다.

'이제 다 했나?' 생각하니 한 곳이 또 빠졌다. 청소를 하려면 다 해야지 한 곳만 남기고 마치기는 뭔가 찜찜하다. 그것도 손님이 반드시 들를 수밖에 없는 곳을 빠뜨리다니. 손님맞이를 빗대서 청소를 한다고는 해도 집 안 구석구석 깨끗이 한다면 내게도 좋은 일이 아니던가?

창고 뒤에 웅크리고 있는 재래식 화장실을 향해 발을 옮겼다. 뽕나무 아래에 자리하고 있어 그늘이 져서 시원한 곳이다. 한여름에도 덥지 않아 화장실 위치는 그런대로 쓸 만하게 잡았다고 생각한다.

문을 열고 뒤편에 자리한 항아리를 들고 나와 안의 휴지를 소각장에 부었다. 그리고 라이터로 불을 붙였다. 연기가 하늘로 오르니 청소를 제대로 하고 있다는 느낌이 가슴에 일며 기분이 좋아진다. 아이들이 괜히 불장난을 하고 싶어 하는 것은 아니리란 생각이 은연중 마음 한구석에 인다. 화장실 바닥을 솔로 쓱쓱 쓸고 고기 굽는 통에서 재를 삽으로 퍼 와서 똥통 안에서 '비잉' 한 바퀴 돌리며 뿌렸다. 즉시 냄새가 사라지는 듯하여 마음이 맑아진다.

"이야 너 아직 살아있었어? 아이고 그래 반갑다."

3년 만에 찾아온 연우는 인사가 끝나사마자 수저앉아 복실이의 머리를 쓰다듬으며 웃음을 짓는다.

"가만 얘가 올 해 몇 살이지?"

"열세 살인가 열네 살인가 그쯤 되지."

작은 몸집에 성질도 온순해서 강아지 때부터 풀어놓고 기른 개다. 혹여 다른 사람에게 폐가 되지 않을까 하여 묶어놓았으나 며칠 밤낮을 울어대는 통에 풀어놓았다. 그러기를 몇 번, 결국 포기하고 자유롭게 놔두었다. 뭐라 하거나 싫은 표정을 짓는 사람이 없어 다행이었다.

손님이 오면, 나보다 먼저 집 앞 주차장으로 나가 인사를 하는 복실이는 집 안으로 들어가는 길엔 맨 끝에서 터덜터덜 사람의 발길을 따라 걷는다. '내가 애들 시켜서 청소 잘 해놨으니 어서 들어가 푹 쉬어'라고 말하는 몸짓이다.

죽음 혹은 헤어짐, 쓸쓸함에 대하여

매일매일 부대끼던 아내와 아들이 없는 날

앞산 어디에도 마당 귀퉁이 살구나무 어디에도

띄엄띄엄 흩날리는 눈송이에도 눈송이 사이에도

아내와 아들은 없다

집 앞을 가로지른 전깃줄에도

산을 타고 넘어가는 길에도

들판에 쌓인 눈 위에도

눈 위를 걸어가는 개의 발자국 속에도

먹이를 찾아 황급히 날아다니는 딱새의 날갯짓에도

아내와 어린 아들은 없다

나 혼자 나 혼자서 맞이하는 눈 내리는 저녁에

세상은 고요하여

눈 내리는 소리가 들리는

　　　－ 졸시, 「텅 비었다」 전문

아내와 아들이 없는 저녁은 쓸쓸하다. '이대로 영영 만날 수 없는 것은 아닐까?' 라는 어두운 생각들이 땅거미처럼 머릿속을 파고들 때면 더욱 그렇다. 사람에겐 언제라도 그런 일이 벌어질 수 있다는 걸 나는 알고 있다.

헤어짐이라는 면에서 보면 아내와 아들에게서만 그런 감정을 느끼는 건 아니다. 서울에서 어제 찾아 왔다가 오늘 돌아가신 형님의 모습을 그려보는 일도 그렇다. 기차역에서 돌아서는 형님의 뒷모습은 쓸쓸했다. 집에 돌아와 앉아있으니 삼시 전까지 있었던 형의 모습이 잡힌다. 그러고 보니 챙겨 주리라던 약초를 또 깜박 잊었다. 늘 그렇다. 닭 얘기를 했었는데, 닭백숙이 드시고 싶었나? 한 마리 잡아드릴걸. 늦은 후회가 밀려온다. 닭의 목을 자르는 것이 싫어 멈칫거리다 그만둔 터였다. 내 싫은 짓이 형의 즐거움이 될 수 있었던 것을.

늘 보이는 것들 중에도 '텅 빈' 것들은 있다. 집에서 모퉁이 하나 돌아서면 보이는 회관 할머니의 집터도 그중 하나다. 홀로 살던 할머니는 늘 사람들을 불러 고기도 굽고 술도 내놨다. 할머니의 단칸방은 자연스럽게 마을회관이 되었고 할머니는 회관할머니로 불렸다.

"현준 아빠, 뭐 해. 놀러와!"

집터 앞을 지나칠 때마다 할머니의 목소리는 어김없이 들

려온다. 단칸방과 부엌과 툇마루 하나 놓여있던 집도 그때처럼 덩그러니 보인다. 10년 세월이 흘렀건만 기억은 쉽게 지워지지 않고 남아 쓸쓸함을 부른다. 집터를 뒤덮은 풀과 덤불이 할머니가 아니라고 말할 수 없긴 하지만 그래도 쓸쓸함은 집터를 지나칠 때마다 밀려온다.

집 위로 펼쳐진 비탈 밭가에 홀로 누운 무덤도 다가오는 쓸쓸함으로 본다면 회관할머니의 집터와 다를 바 없다. 젊어서 다친 허리를 기억자로 구부린 채, 60대 초반에 삶을 마무리할 때까지 살았던 할머니의 무덤이다. 가난 탓에 20대부터 꼬부

랑 할머니로 산 사람이었다. 할아버지는 위암으로 세상을 떠난 할머니를 자신의 손으로 직접 묻었다. 할아버지 홀로 남은 집에 밤새도록 켜져 있던 알전구의 빛은 어둠보다는 환했지만 어둠보다 쓸쓸했다. 어느 날부터 전구는 다시 켜지지 않았다. 조카가 있다는 평창 어딘가로 가서 산속 동굴에서 지내다 죽었다는 할아버지에 대한 소문만 전등 빛 대신 간간이 들려온다.

마을 입구의 버스 정류장 부근에 있는 빈 집도 쓸쓸함을 불러일으키긴 마찬가지다. 광부 생활을 하다 불구가 된 아들과 함께 살던 할머니가 있었다. 할머니가 방에 넣어준 밥을 대여섯 마리의 고양이와 함께 나누어 먹으며 살았다는 아들. 할머니는 무슨 일로 일주일 동안 집을 비웠다가 돌아왔을까? 죽은 아들을 장사 지내고 딸넨가 어디론가 갔다는 할머니의 집은 아직 쓰러지지 않고 버티며 아들과 고양이와 할머니의 모습을 얘기하고 있다. 흩어진 고양이들이 버스 정류장 근처에서 어슬렁거리는 모습을 지금도 가끔씩 본다. 그 느릿한 걸음걸이에서 사람이 산다는 것의 쓸쓸함이 배어나오는 걸 보곤 한다.

몇 달 전엔 빈 집에서 멀지 않은 길 위에서 고양이를 본 적도 있다. 버스를 비롯해 이런저런 차들이 산을 흔들며 지나가는 길을 건너가던 고양이가 차바퀴에 짓이겨진 채 아침 햇살을 반사시키며 이승에서의 삶을 찬란하게 마감하고 있었다.

차바퀴에 갈가리 찢기고 산짐승의 먹이가 되어 사라진다면 그 것으로 이승의 삶이 끝나는 것인지 나는 잘 모른다. 다만 그런 장면을 바라보노라면 쓸쓸한 감정이 저 아래 어디서부터 천천히 차오름을 느낀다.

나와 아내와 아들, 나와 형 그리고 누나, 자식과 부모, 나아 가 나와 너로 분리되는 관계에 있는 모든 것들의 만남과 헤어 짐은 죽음과 연결되어 있다. 그것이 나를 쓸쓸하게 한다. 거기 서 벗어날 무슨 방법이 있겠는가? 쓸쓸하면 쓸쓸한 대로 담담 하게 맞아들이며 살아왔다. 그 외에 할 수 있는 일을 나는 알 지 못한다.

올핸 벌이 내 옆에서 완전히 떠난 일이 더해졌다. 몇 년 전 부터 비기 시작한 벌통은 작년에 이르러 한 통만 남았다. 올 봄, 벌들이 들락거리는 모습을 확인하면서 안심했으나 섣부른 판단이었다. 병에 걸린 애벌레를 물어내는 벌을 보긴 했으나 꿀이 풍성하게 돌기 시작하면 곧 괜찮아지리라 생각했다. (어 떤 이는 휴대전화 전파에 교란당한 벌들이 방향감각을 상실해 집을 찾지 못하여 벌어지는 일이라 하고, 또 다른 이는 농약 때문이라고도 한다.)

올 봄엔 꽃나무를 찾아와 주위의 동식물까지 긴장시키며 부웅부웅 뭔가 새로운 세상을 열어젖힐 것처럼 분주하던 벌들 의 날갯짓 소리가 잘 들리지 않았다. 주의를 기울여 찾아보아야 보일 정도였다. 일 년 사시사철 온갖 꽃을 꿀 한 숟가락에 담아 먹던 맛도 더 이상 나의 것이 아니게 되었다. 이 세상도 점점 쓸쓸한 모습으로 변해간다. 그렇다고 인간의 멸망을 얘기하며 호들갑을 떨 생각은 없다. 그저 묵묵히 받아들일 뿐이다. 언제든 다가올 일이니 피한다고 피해질 일이 아님을 생각하는 까닭이다.

바람아, 겨울엔 친하지 말자

집 앞을 떠나 계곡으로 내려가 보이지 않던 차가 오르막길에서 다시 모습을 드러내 삭도 버스 정류장에 이르는 모습이 눈에 잡혔다. 버스 정류장까지의 경사로에서 혹시 미끄러지지나 않을까 하는 염려가 놓이면서 아내와 함께 돌아섰다. 온 사람은 가게 마련이건만 보내는 마음은 늘 뭔가 허전하다. 그렇긴 해도 요즘의 허전함은 처음 이곳에 왔을 때와 비교하면 평상심에 가깝다. 처음 몇 년 간은 사람을 보낼 때마다 휑하니 찬바람이 가슴에서 일곤 했으나 요즘은 뭐 그렇고 그렇다. 온다 해도 특별한 감정이 없고 간다 해도 그렇다. 바람이 다가왔다가 나를 스쳐 멀어지는 형국이다. 사람이 바람이 되기까지 십 년이 넘게 걸렸다.

잠시 후 한 쌍의 부부를 더 보내고 난 뒤, 아내는 방으로 들어와 이불 속으로 파고들었다. 나도 어제 마신 술기운에서 벗어나려 옆에 누웠다. 한낮이라고 해도 뭐 어떤가. 저녁 5시 30

분쯤에 차를 끌고 산 아래로 내려가 강가에 자리 잡은 학교에서 아들을 데려오는 일을 제외하면 오늘 할 일은 다 한 거다.

손이 쩍쩍 문고리에 달라붙는 추위가 유난히 길게 지속되는 탓인지는 몰라도 이불 속은 미적지근하다. 외투만 벗고 겉옷을 입은 채 누웠는데도 좀체 따뜻하다는 느낌이 와 닿지 않는다. 그나마 춥지는 않으니 그냥저냥 누운 채 있을 만은 했다.

두 집의 부부가 찾아왔을 때, 은근히 일어서던 걱정이 있었다. 찾아오는 손님용으로 만든 뒷방은 천장이 낮고 방도 작은데다 연탄보일러의 물이 제일 먼저 통과하는 곳이어서 우리 집에선 제일 따뜻한 방이다. 문제는 근년에 만나지 못했던 추위였다. 산 중턱에 걸터앉은 오두막인지라 도시나 평지의 추위와는 또 다른 것이어서 경험하지 못한 냉기가 파고들지나 않을까 염려가 되었다. 그렇거나 어쨌거나 추우면 추운대로 하룻밤 보내는 맛도 이 산중에서의 또 다른 정취일 것이라 생각하면서 짚을 깔아 말리던 메주 여섯 덩이를 내 방으로 옮기고 청소를 한 뒤 연탄보일러의 공기구멍을 좀 더 열어놓고 손님을 맞았다.

생각하니 연탄보일러를 이용해서 하는 일이 많다. 3장씩 아홉 장이 들어가는 둥근 원통형 보일러다보니 아내가 빨래를 삶을 때도 좋고 속 뚜껑 위에 고구마를 얹어 구워먹기도 좋다.

이번엔 메주도 보일러를 이용해 콩을 삶는 방식으로 편리하게 만들었다. 콩물이 푸푸푸푸 김을 앞세워 끓어 넘치기 시작하면 속 뚜껑을 덮고 위에 올려 뜸을 들였다. 가마솥에 불을 지필 때에 비하면 거저였다. 한꺼번에 다 만들 필요가 뭐 있겠는가? 찜통에 삶아서 나무공이로 찧은 뒤 덜어내어 손으로 툭툭 네모나게 두 덩이씩을 만드니 힘도 들지 않았다는 아내의 말마따나 쉽게 쉽게 처리할 일이다.

연탄이야 지난겨울에 들여놓고 때다가 남았던 물량을 다 소비하고 1,000장을 다시 들여놓았으니 올겨울을 나는 데는 이상이 없을 터였다. 다만 자주 가는 게 귀찮기도 하고 갈 때마다 아껴 때야 한다는 생각이 들기도 해서 좀 추운 듯하게 살아가고 있다. 집 안에서 떨지 않을 정도만 되면 족하다. 다만 연탄불이 꺼지는 일만은 일어나지 말아야 하니, 언제쯤 갈아야 할지를 살피는 데는 게으름을 피워선 안 되었다. 그러니 겨울 동안 내게 주어진 가장 중요한 일이 연탄불을 돌보는 것이다.

함께해도 되겠냐는 지인의 전화를 받고 서로 좋은 날짜를 잡다보니 생각보다 늦어져 해가 바뀔 무렵이 돼서야 김장을 하게 되었다. 밭 한가운데에 배추를 모아놓고 포장을 겹겹이 덮어 놓았으나 얼은 것도 더러 있었다. 약속한 날짜에 맞춰 도시에서 찾아든 두 집 부부와 함께 세 집 남녀가 어우러져 김

장을 담갔으니 올해는 꽤 풍성한 김장 담그기 행사를 치른 셈이다. 양념과 고춧가루를 버무리고 속을 넣는 여인네들 옆에서, 배추를 나르고, 포기 사이에 찔러 넣는 무도 잘라주고, 속을 넣은 김치를 옮기며 스마트폰을 이용해 노래도 틀어주는 등, 남정네들도 나름대로의 역할을 찾아 하다 보니 비닐하우스 안의 열기가 뜨겁지는 않았지만 따사로운 햇살 한 줌은 될 만했다. 겨울에 비닐하우스가 쓸모 있을 줄은 또 생각하지 못했었다.

김장 뒤풀이라고 해야 할까? 손님이 사갖고 온 돼지고기를 삶아 갓 담은 배추김치를 얹어 먹었다. 담백·매콤·풋풋한 맛이 작년 더 나아가 십몇 년 전과 다름없이 좋았다. 어둠이 소리 없이 내려앉는 산중의 밤에 좋은 안주까지 있는데 술이 빠진다면 뭔가 허허롭다. 한밤중을 지나 새벽으로 가는 시간까지 이어진 술자리를 시샘하였는지, 사람이 자는 동안 까만 밤은 하얀 눈을 내려 땅을 덮었다. 다행히 크게 걱정하지 않아도 좋을 만큼의 눈이었다. 앞바퀴 굴림의 승용차들이니 미끄러져 산속을 벗어나지 못할 정도는 아니었다. 트럭이라면 짐칸에 돌이라도 묵직하게 싣거나 체인을 뒷바퀴에 감아야 할 상황이었다. 아니면 미끄러질 법한 길로 나아가 모래라도 뿌리거나. 하긴 요새는 면사무소에서 비용을 부담하여, 윗마을에 사는 사람이 지프차 앞에 제설장비를 부착하고 눈을 밀어 치우게 하고 있어, 눈이 많이 온다 해도 큰 불편함은 없다. 어느 정도 이상 오지 않는다면 걱정할 일이 없다. '어느 정도'라는 말을 굳이 해석하라고 한다면 사람이 눈을 치우는 데 장비를 동원하고서도 힘들어하는 수준으로 보면 되겠다.

잠시 녹이던 몸을 털고 일어나 비닐하우스에 놔두었던 어제 담은 김장김치를 마당가에 묻어놓은 항아리에 옮겨 넣는다. 떨어질 때마다 꺼내먹기 편하게 열 포기 정도씩 담은 김장용 비닐봉투들을 켜켜이 쌓고 뚜껑을 덮은 뒤 얼지 않게 거적으로 덮고 다시 비닐로 넒었다. 그 위에 고무판을 놓고 돌로 누르니 올해의 겨우살이 준비도 비로소 끝을 맺었다. 안도의 숨이랄까. 길게 숨을 들이켰다가 숲을 향해 내뱉었다. 잎잎을 놓아버린 나무들 사이로 나아간 내 몸속의 바람은 이내 동토의 기운이 되어 나를 덮친다. 바람아 그저 슬쩍 스쳐간다 해도 이제 더는 친하지 말자.

빈 밭에 서서 한 해를 돌아본다

아침에 일어나 빈 밭에 서니 가득 깔렸던 안개가 서서히 몸을 움직이며 일렁이다 햇살에 자리를 내주고 사라진다. 한 해가 지나가는 익숙한 모습 중의 하나다. 작은 새들이 바쁘게 날갯짓을 하며 우우 떼를 지어 밭 위를 몰려다니는 모습도 한 해가 가고 있음을 말해주는 풍경이다.

'빈 밭'이라고 했지만 민들레와 냉이, 달래와 고들빼기가 없는 듯 있다. 작물 또한 없는 건 아니다. 겨울을 견디고 이른 봄에 기지개를 켜는 양파·마늘·밀 등이 있다. 엄밀하게 얘기한다면 빈 밭이란 없다. 다만 푸르름이 가득하던 시절에 비한다면 겨울의 밭은 비었다고 할 수 있다.

지난날들을 바라보면 삶은 인간 스스로 채워 넣은 물질과 정신으로 가득하기보다는 빈 밭처럼 헛헛하기만 하다. 뒤돌아본다는 건 자신이 있던 자리가 텅 비어있음을 확인하는 일이라고 할 수도 있겠다.

자신은 완성됐다고, 뒤돌아볼 필요가 없다고 하는 사람도 있으나 뒤돌아보는 행위는 인간을 인간답게 만들어주는 요소다. 사람은 수시로 뒤를 돌아보며 보이지 않는 자신의 모습을 찾기 위해 노력해야 한다. 뒤돌아볼 수 없게 만드는 이 속도의 세상에선 더욱 그렇다.

눈 한 번 감았다가 뜨는 사이라고는 해도, 한 해의 지난 모습을 잡아보니, 이런저런 잡지에 발표한 시가 12편이다. 발표하지 못한 시도 십여 편 되니 시인이란 명패를 붙이고 있는 처지에서 보면 그럭저럭 평년작은 되었다. 산문은 이 지면에 실린 글 외에 네 편을 발표했다. 약소한 결과물이다. 지역 인터넷 신문에 연재를 시작했으니 산문은 앞으로도 계속 쓰여질 예정이다. 이대로라면 2~3년 뒤에 시집과 산문집 한 권씩이 세상에 얼굴을 드러낼 게다. 시인이 되어 평생 두 권 정도의 시집을 세상에 내놓을 수 있으면 좋겠다는 마음을 가졌었다. 그때의 마음에 빗대본다면 나는 이미 하고자 하는 바를 이루고도 남았다. 세 권의 시집을 가졌으니 더 쓰지 않아도 될 일이다. 그런데도 나는 시 쓰는 일을 계속하고 있다. 왜일까? 띄엄띄엄 들어오는 원고청탁을 뿌리치지 못해서인가? 아직 만족할 만한 작품을 쓰지 못한 이유인가? 몸을 감싸는 의문으로부터 나는 올해도 딱 부러지는 답을 얻진 못했다.

시와 산문을 발표해 얻은 원고료 외에 백일장 심사비와 문학행사에 참여해 받은 돈 등을 합해 셈해보니 오백만 원 내외다. 가정을 꾸리기엔 적은 돈이다. 먹거리는 밭에서 나오는 수확물로 자급자족한다 해도 아내가 초등학교 방과 후 학교 선생으로 나가 벌어오는 돈이 아니라면 궁핍한 생활을 면하지 못했을 터이다.

먹고 남은 농산물은 찾아오는 사람에게 선물로 주거나 형님들과 누나에게 보내주었다. 말이야 '준다'고는 해도 돈이나 다른 물건으로 돌아오는 형국이니 '판다'는 말과 다르지도 않다. 다만 이득을 취하려고 하는 짓은 아니니 상부상조라고 해야 맞겠다. (지금 논의되는 복지국가도 상부상조의 정신을 그 바탕으로 하면 오죽 좋을까?)

가뭄 끝에 지루하게 비가 오는 날이 이어진 날씨 탓에 고구마 모종이 대부분 말라죽었으나, 끈질기게 살아남은 놈들을 서리가 내리기 전에 캐어보니 커다란 고구마들이 달려 있어 겨울 동안 그런대로 먹을 수 있는 양을 얻었다. 고추도 비가 오는 날이 길게 이어져, 빨갛게 익지를 않아 밉상으로 다가오곤 했으나 익은 것들이 느지막하게나마 나와 주어서 김장을 하고 고추장을 담고 형제들에게 보낼 수도 있었다. 김장용 무와 배추도 비가 오는 걸 개의치 않고 모종을 심은 탓인지 상황이 나쁘지 않으니, 올해의 농사도 별다른 상처 없이 마무리되었다.

땅이 얼기 전에 캐야겠다며 아내는 작물을 거둬들인 밭을 돌아다니며, 땅에 착 달라붙어 겨우살이 준비를 끝낸 고들**빼**기를 약초괭이로 툭툭 캐낸다. 양파 모종과 마늘씨를 심은 밭의 한편에 뿌려놓은 밀이 싹을 틔워 제법 푸른빛을 내며 자라나는 모습이 아내의 괭이질 너머로 눈에 잡힌다. 작년과 다름없이 보냈다는 것이 어떤 면으로 보면 답답하게 다가오기도 하고 또 어떤 면으로는 아늑한 겨울 방의 이불 속 같은 포근함으로 다가오기도 한다. 작년이었던가? 이 지역의 문학모임에서 초빙한 서정춘 시인이 헤어지며 나를 끌어안고 했던 말이 아련히 들려온다. "승도야, 우리 시 쓰면서 살자!" 눈물을 글썽이며 돌아서던 선생은 잘 계실까?

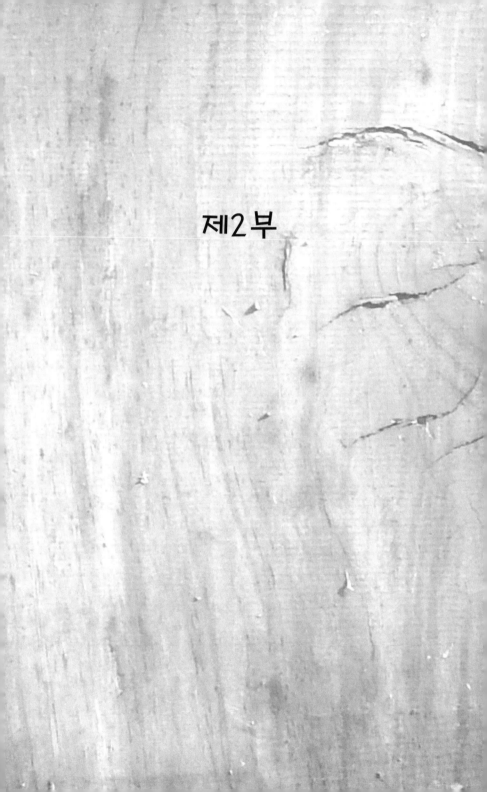

제2부

삭도

집에서 내려와 차가 다닐 수 있는 마을길에 발을 딛자마자 뛰기 시작했다. 계곡까지는 내리막길이어서 몸이 가볍게 일렁였다. 발길도 가벼웠다. 멀리 소백산의 봉우리들이 맥을 일으켜 달리는 모습이 썩 마음에 든다. 물결치며 내달리는 산맥의 숨결이 가슴을 파고든다. 볼 때마다 새롭게 다가서는 산이다. 며칠 전에 내린 눈으로 허옇게 덮인 채 우뚝 서서 여느 때보다 더 강렬한 인상이다. 지구 전체가 요동치는 일이 벌어지지만 않는다면 미동도 하지 않겠다는 의지가 읽힌다. 어떤 일이 벌어져도 흔들리지 않고 꼿꼿이 자기의 길을 걸어가는 자의 뒷모습이다.

이곳에 들어오기도 전이다. 지금은 끊었지만 매일 담배 한 갑씩을 피우던 때가 있었다. 겨울이었다. 정선의 골짜기, 허름한 여인숙 방에 세 사람이 함께 들었다. 담배 피우고 싶어 주머니를 뒤졌으나 없었다. 마침 옆에서 피우고 있던 사람에게

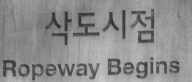

삭도시점
Ropeway Begins

삭도란 케이블카처럼 생긴 장거리 운반장치를 말하는데,
1960~70년대 광산업이 호황을 누리던 당시에는
3교대로(갑반, 을반, 병반) 나뉘어 24시간 채굴작업을 하여
열차와 삭도를 이용해 석탄을 실어 날랐다.
이곳에서 시작된 삭도는 산을 넘어 석항역의 저탄시설까지
운반되고 전국으로 운송되었다. 별표연탄으로 유명했던
옥동광업소는 1989년 폐광되었으며, 빛바랜 사진 속에서
어렴풋이나마 옥동광업소의 화려했던 과거를 떠올릴 수 있다.

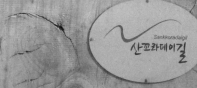

담배 한 대만 달라고 말했다. "사서 펴!" 그는 얼굴만 한 창으로 밀려드는 밖을 바라보며 낮은 소리로 얘기했다. 말이 턱 막혔다. '뭐 이런 사람이 다 있나?' 하는 생각이 뇌리를 스쳤다. 동행했던 사람이 데려온 사람이었으니 나하고는 초면인 사람이었다.

다시 생각해보니 그의 말은 충분히 나올 수 있는 말이다. 네 것 내 것이 분명히 갈라져 있는 세상인데, 담배 한 개비라도 남의 걸 달라는 건 강탈 아니면 구걸이었다. 오히려 당연한 거부였다. 그를 욕한 내가 뭔가 잘못되었거나 모자란 인간이었다. 정 필요했다면 '여기서는 살 곳이 없으니 두 대만 꿔주시면 가게 있는 곳에 가서 구해, 이자 붙여 3대 줄 테니 좀 빌려주실 수 없겠습니까?' 하고 양해를 구해야 했다. 그를 욕한 건, 냉혹한 세상을 향한 내 자세가 굳지 못한 탓이었다.

해가 갈수록, 날이 갈수록 춥다. 어깨가 시리다는 뜻을 알게 된 지도 5~6년은 지났다. 어깨에 추위가 내려앉으며 나의 오십 대는 시작되었다. 겨울이 지나가는 동안 산책을 겸해 달리기를 시작한 것도 그때부터였다. 천천히, 걷는 것보다 조금 빠른 정도로 달린다. 빠르게 걷는 것보다 느릴지도 모른다. 구태여 달리기라는 표현을 쓰지 않아도 상관은 없지만 나는 달린다고 생각한다. 달린다. 겨울을 이기려는 건 아니다. 겨울과 함께하기 위해서다.

계곡을 가로지르는 다리를 건너 버스정류장을 향해 오르막 길로 접어들어 나아가는데, 지프차가 달려온다. 슬쩍 스쳐가는 차 안엔 역시나 반장이 앉았다. 씩, 비웃음 비슷한, 기분 나쁜 웃음을 흘리며 스쳐가는 반장의 모습을 보니 슬쩍 비린내가 가슴에서 맴돈다.

또 변 씨 집에 가는 모양이구만.

반장은 술도 한잔 하지 않는다. 못 먹는 건지, 안 먹는 건지는 알 수 없으나 어울리는 자리에서 술 한잔하는 걸 보지 못했다. 하긴 술은 먹지 않는 것이 좋다고 나도 생각한다. 그런데 이상하다. 자기가 마시지 않는다면 싫다고 하는 사람에겐 따라주지도 말아야 하는데, 술 잘 마시면서 왜 사양하냐며 강제로 술잔을 들이민다. 그렇다면 술에 취해 벌어지는 어설픈 일들을 술 탓으로 돌리며 좋게 넘어가기라도 해야 하건만 그것도 아니다. 술버릇이 좋지 않다며 사람 깎아내리는 덴 누구 못지않다. 술을 거부하지 못하는 놈만 바보이다.

그 바보 중에 나도 있다. 나는 항상 바보가 되곤 한다. 바보는 관에서 마을로 떨어지는 돈을 받아 챙기는 데도 밝지 못하다. 반장이야, 마을 외곽에 외따로 떨어진 집까지 1km 남짓한 흙길을 포장도로로 바꾸는 작업도 성공적으로 마쳤으나, 나는 도로에서 내 집까지의 비포장도로 50여 미터 구간도 포장하지 못한 채 살아왔다. 반장은 마을 사람들에겐 어찌나 살뜰하게 인사를 해대는지 비위가 상할 정도다. 그러면서도 제 호주머니에서 돈을 내는 일은 없다. 귀농한 첫해에 사람들과 어울린 자리에서 마을 중앙에 정자를 지어 놓겠다고 했으나 그냥저냥 넘어갔고, 반장이 됐을 때는 반 회보를 매달 만들어 돌린다고 공언했으나 단 한 번 만들어 나눠준 뒤로는 더 낸 일이 없다.

새로 들어온 사람들과 함께 단합대회를 한다며 동해 바닷가로 놀러가기도 하면서 친목 모임을 만들어 이끌기도 했으나 그것도 요즘은 별 이득이 없다고 여겼는지 시들하여 그들끼리 서로 잘 지내는지 어쩐지도 모르겠다. 그와 잘 어울리던 몇몇 집은 생김새까지 어쩌면 그리 비슷한지, 너구리와 족제비를 합쳐놓은 듯한 얼굴들이어서 가까이 하기가 싫었다. 오라고 해도 가지 않고 함께 잘 지내자고 해도 침묵으로 넘어갔다.

요즘까지 반장과 변함없이 가깝게 지낸다고 보이는 사람이 변 씨다. 변 씨와 반장은 멀어지려야 멀어지기 힘든 사이이다. 산 중턱에 자리 잡은 마을은 산 아랫마을과 함께 행정구역상 '천개리'를 구성하고 있지만, 인원이 반에 지나지 않는 까닭에 이장은 늘 아랫마을 차지였다. 그러니 이장이 없는 거나 마찬가지인 형편이 되어 마을의 행정은 반장이 도맡아 처리하고 있었다. 우사를 운영하는 변 씨로서는 잘 지내야 할 사람이 반장이었다. 반장 또한 영향력이 센 토박이 변 씨를 옆에 둬야, 살아가는 데 지장이 없다는 걸 잘 알고 있을 터였다.

"우워 우어어워."

아직도 발정기가 끝나지 않았나? 어제부터 또 울어대는 소의 울음소리가 산속 세상을 붉게 물들인다. 단풍도 지고 튀튀한 갈색 빛으로 변해버린 산중을 붉은 빛으로 다시 물들이는 소리는 매번 짜증을 불러일으킨다. 배고파 우는 소리도 아니고 새끼가 팔려나갈 때 우는 소리도 아니다. 배고파 우는 소리는 붉기는 하나 엷은 빛이다. 새끼가 팔려나갈 때부터 잠시의 쉼도 없이 삼박사일을 울어대는 소리는 그에 비하면 붉디붉나. 땅은 물론 하늘까지 붉게 물들여 나까지 잠을 못 이루게 한다. 요즈음은 짜증이 이는 정도지만 10년 전쯤엔 당장 뛰어 올라가 주인의 멱살을 잡고픈 충동이 일곤 했다.

어제 있었던 술자리에선 소고기를 먹지 않았다. 좋고 비싼 고기를 사온 손님의 의중을 존중해서 한두 점 억지로 입에 넣기도 했으나 굳이 싫은 걸 먹어야 할 이유를 더 이상 찾지 못했다.

"이게 병든 고기야. 풀이 아닌 사료를 먹으며 우리에 갇혀, 앉았다 일어났다 반복하며 살아가는 대가로 소들이 얻는 병이거든. 이렇게 기름이 촘촘히 박힌 고기를 정상적인 쇠고기라고 할 수 있겠냐?"

오랜만에 찾아온 대학 동창은 내 말을 들으면서도 고기를 꾸역꾸역 잘도 먹었다.

"맛있잖아."

고기를 씹는 동창의 입에서 새어나온 소리에 꼬리를 달지는 않았다. 그래 맛이야 좋겠지. 부드러움과 달콤함으로 유혹하는 것들을 어찌 물리칠 수 있겠냐.

윗집 변 씨는 내가 이사 올 당시인 15년 전만 해도 소 몇 마리를 키우고 있었다. 집 앞에 딱 집만 한 크기의 외양간을 지어놓고 사료와 함께 풀도 베어 주고 옥수숫대와 콩깍지도 먹이면서 길렀다. 한가로운 산촌의 풍경에서 벗어나지 않는 모습이었다. 그때는 200마리 정도를 키울 수 있는 우사 두 동이 들어서리라고는 상상조차 하지 못했다. 평지면 모를까 산 중턱의 비탈진 땅이었다.

IMF사태가 지나고 미국과의 FTA를 거치며 피해가 예상되는 농촌으로 지원금이 들어와, 축사를 짓는 데도 신축비의 50% 자금이 지원되자 윗집은 집의 열 배는 됨직한 축사를 지었다. 축협의 자금을 활용하여 소도 70마리 정도로 늘렸다. 8~9년 전이었다.

3년 전엔 더 큰 우사를 한 동 또 지었다. 포클레인이 아침부터 웅웅 산 중턱 마을을 흔들며 석축을 쌓고 덤프트럭이 내 집 앞을 가로질러 올라가 돌과 흙을 부려놓는 작업이 시작되었을 때만 해도 설마 했다. 우사를 또 짓지는 않겠지. 사료와 건초 등을 쌓아놓거나 차를 대기 편하게 터를 닦는 게라고 짐작했다.

닦고 있는 터의 규모가 점점 넓어지며 내 짐작을 한껏 비웃고 있을 즈음이었다.

"요 위의 땅 주인입니다. 이번에 땅을 임차한 사람이 채소 농사를 짓는다고 하는데, 물이 많이 필요하다고 해서요. 샘에서 호스를 빼줘야 되겠습니다."

샘이 있는, 변 씨 우사 옆의 땅 주인이 서울에 있다는 말이야 들은 적이 있었으나 나하고는 상관없는 사람으로 여겼었다. 내게 땅을 판 사람도 사용하던 샘물이었다. 내가 내려먹은 햇수만도 10년이 넘었다. 당연한 듯이 먹고 있던 물을 불쑥 나타난 사람이 그만 먹으라고 하다니.

"물이야 함께 먹는 거지, 주인이 어딨습니까? 그리고 그 물이 농사에 쓴다고 모자랄 물입니까? 넓지도 않은 땅에 물을 주면 얼마나 준다고 모자란답니까? 괜히 어깃장 놓지 마시죠."

"내 땅에서 나오는 물 내가 먹지 말라고 하는데 어깃장을 놓다뇨? 말을 아주 괘씸하게 하시네."

서로 처음 보는 사이에 만나자 싸움이었다.

"물을 끊으면 나는 어떡하라고 그럽니까?"

"그거야 내가 알 바 아니죠. 관정을 파든가 흘러내려가는 물을 먹던가. 옛날엔 다 물을 떠다가 먹고 살았는데."

"윗집 하수도가 도랑으로 연결돼 있고 농약으로 농사를 지면서 5~6년 전부턴 가재와 도롱뇽도 자취를 감췄는데 어떻게 떠다 먹습니까? 관정도 팔려면 깊게 파야 하는데, 여기가 탄광 지대였다는 건 알고 있잖습니까? 폐갱도가 땅 밑을 거미줄처럼 지나가고 있다고 노인들이 얘기하던데 그게 돈만 없앨 일이지 되겠습니까?"

"어쨌든 알아서 하시고 호스는 며칠 내로 빼주세요."

"그래요? 정 그러면 이 앞 우리 땅으로 흐르는 물을 한 방울도 흐르지 않게 막으세요."

"그건 또 뭔 억진가?"

"억지가 아니지. 지금 저 도랑에 흐르고 있는 물이 샘에서 나온 물 아닙니까? 샘물이 당신 거라면서요? 그러면 당신 물이 내 땅을 무단으로 점거하고 흐르는 거잖아요."

서로 언성이 높아지면서 험악한 분위기가 잡혔으나 둘 사이에 큰 싸움이 일어나는 걸 나는 바라지 않았다. 그도 마찬가지인 듯 더는 말꼬리를 잡지 않았다.

"임차인이 얘길 해달라고 해서 내려온 거니까 두 사람이 만나 좋게 타협을 해보세요. 나야 뭐 꼭 물을 끊겠다는 것도 아니고……."

땅 주인이 가고 난 뒤 임차를 했다는 산 아랫마을 사람에게 전화를 걸었다.

"물 딱 끊으세요. 채소를 재배할 건데, 물이 모자랄 수가 있으니까."

내 말은 들으려고도 하지 않았다. 자기 말만 되풀이했다. 전화를 끊고 나니 주먹이 떨렸다. 한편으론 은근한 두려움이 밀려오기도 했다. 먹을 물이 끊긴다면 보통 일이 아니었다. 산속 생활을 포기해야 할지도 모를 일이었다.

임차를 했다는 사람은 귀농한 지 1~2년밖에 되지 않은 사람이어서 내게 차갑게 나올 형편이 아니었다. 그리고 채소에 매일매일 스물네 시간 동안 물을 쏟아 부을 것도 아닌데 모자랄 수도 있다니, 어이없었다. '~할 수도 있다'는 거야 그럴 수도 있는 말이었다. 경험해보지 못한 가뭄이라도 닥친다면 물이 끊길 수도 있다. 그러나 그건 가정일 뿐이었다. 지난날을 돌아보고 마을 사람들의 얘기까지 조합해 봐도 물이 모자랄 수 있는 경우는 쉽게 잡히지 않았다. 그날 밤에도 '우워어 우워어' 소 울음소리가 들렸다. 하나의 생각이 쓰윽 뇌리에 떠올랐다. 변 씨가 틀림없었다. 임차인 뒤에 숨은 변 씨의 얼굴이 소 울음소리에 섞여 다가왔다. 소에게 줄 물을 확보하기 위한 수작이라는 확신이 몸을 감싸고돌았다. 으으으으, 몸이 떨렸다.

다음 날부터 나는 변 씨에게 우사 신축을 중지하라고 요구했다. 물을 끊으려 하는 것에 대한 반격이었다.

"나는 잘못한 거 하나도 없네. 마을 발전을 위해 애쓴 것밖엔 없는데 왜 시비를 걸어. 심보 한번 고약하네."

변 씨는 우사를 크게 짓고 소를 기르는 것도 마을을 위해서
라며 오히려 나를 탓했다.

군청에 민원을 넣었더니 직원이 집으로 찾아왔다. 그는 아
무런 하자가 없다는 말을 되풀이했다. 이장·반장·새마을 지
도자 등이 참석하는 마을 발전위원회의 동의를 얻어야 지을
수 있었던 축사였지만, 참여정부 때 FTA 체결을 추진하면서
농민들에게 부담이 된다 하여 그것까지 없앴다고 한다. 축산
도 농사로 보아 허가제에서 신고제로 바꾸면서 아무런 규제가
없는 상태로 만들었단다.

1. 물이 모자라는 상황이 발생한다면 임차인이 필요한 만큼
의 물을 우선적으로 확보하는 데 동의한다.
2. 유승도는 변△△의 우사 신축에 대해 각서 작성 시점 이
후로 아무런 문제제기도 하지 않을 것을 서약한다.

변 씨와 임차인과 내가 반장을 참석시킨 자리에서 서약서
를 작성한 뒤, 간이 상수도 시설 설치 공사가 시작되면서 물싸
움은 정리가 되었다. 이장에게 해결해줄 것을 건의하고 면장
한테까지 찾아가 상수도 시설을 설치해달라고 매달린 결과였
다.

농부는 과연 이웃 혹은 공동체를 의식하며 농사를 짓고 있을까? 남이야 어찌 되든 자신의 이익만을 위해 농사를 짓고 있지는 않을까? 산골에 정착하여 살면서 떠올리던 의혹이 윗집의 커다란 우사 두 동을 접하면서부터 부쩍 커졌다. 마을 한복판에 우사를 짓는 용기는 어디서 온 것일까? 그것을 용납하는 대부분의 마을 사람들에게서 나오는 관대함은 또 무엇인가? 의문이 꼬리를 이었다.

농사는 일을 하면서 자신을 돌아보며 사색을 할 수 있는 직업이다. 옛날의 농부들 중에서 지혜로운 사람들을 볼 수 있었던 것은 그런 까닭이다. 자신에 대한 성찰과 자연에 대한 깊은 이해가 가능했던 농부들. 그러나 돈이 눈앞을 가리게 되면서 자신도 보지 못하고 자연도 보지 못하는 사람들이 되었다면 지나친 비약일까? 이곳 마을도 십 년 전에 16억 원의 사업비가 책정되어 마을 농로와 농수 확보 및 공급 공사가 벌어졌다. 그 와중에 서로 자기에게 이롭게 하기 위해 세 파로 나뉘어 싸우게 되면서 품앗이가 사라진 모습을 반추해본다면 아니라고 하기가 어렵다.

신문이나 책에서 이런저런 글을 읽다보면 농촌 사회를 우리가 지향해야 할 공동체이자 선이요 아름다움이라고 단정하는 모습을 많이 보게 된다. 귀농·귀촌자들에게 마을의 질서에 순응하고 주민들의 눈에 나지 않게 처신하며 엇나가는 짓은 하지 말라고 한다. 마치 귀농·귀촌자들은 자기 나름대로 살 권리나 자유가 없다고 말하는 듯하다.

서로를 품지 못하는 농촌마을이 공동체일 수 있을까? 깨어져 산산조각이 난 공동체를 되살리려 하기에 앞서 사람의 권리와 인격과 자유를 존중하는 농촌 마을에 대하여 논해야 하지 않을까? 서로가 서로를 존중하는 의식이 바탕에 깔린 상태의 마을을 그려야 제대로 된 공동체의 모습이 나오리라 생각한다. 그러기 위해 필요한 건 어설픈 공동체의 추구가 아니라 개인에 대한 탐구와 권한의 확대일 것이다.

어느새 버스 정류장이 눈앞이다. 붉은 벽돌로 굴의 입구처럼 지어져 있던 정류장이 도시형의 철제와 유리로 바뀐 것도 헤아려보니 10년이 되었다. 옆과 뒤를 전면 유리로 만들어서 보기는 좋았지만 숲의 새들에겐 '마의 삼각지대'나 다름없는 무서운 공간의 탄생이었다. 유리벽을 얼기설기 가려주던 잎이 떨어져서인지는 몰라도 겨울에 부딪혀 죽는 새가 다른 계절에 비하면 유난히 많다. 오늘도 어김없이 흙 위에 누워 꼼짝 않는 새 한 마리가 눈에 띈다. 부리 밖으로 피를 살짝 내비친 채 죽었다. 즉사였음이 분명하다. 공간인 줄 알고 힘차게 날아가다 부딪혀 죽는 새의 모습이 눈에 잡힌다. 아픔을 느낄 새도 없었을 것이니 그나마 다행인 죽음이다. 그나저나 이 새를 뭐라 불러야 하나? 새라는 명칭이 맞지가 않다. 살아있었을 때가 새이지 죽은 이후에도 새일 수는 없기 때문이다. 그냥 고기 덩어리? 이미 딱딱해졌으니 돌이라고 해야 하나? 아니면 흙덩어리? 맛있는 음식?

'삭도'. 대기소 이마에 쓰인 정류장 명칭이 선명하다. '케이블카'라고 말해야 쉽게 다가오는 명칭이다. 이십여 년 전, 온통 검은 세상이었을 때, 하늘의 공간을 가르며 산 너머 기차역으로 탄을 실어 나르던 모습을 상상하기란 이미 쉽지가 않다. 정류장 위쪽으로 돌고 돌아나가는 오르막길 위로 시선을 돌리면 갱에서 탄이 쏟아져 니오던 네모난 구멍들이 뚫린 콘크리트 벽이 나무들 사이에 보일 듯 말 듯 아직 버티고 서 있지만, 언뜻 보면 탄광의 흔적조차 찾을 수 없다. 이십 년이 넘는 세월은 세상을 바꿀 만한 자연의 시간임을 인정하게 된다.

내리막과 오르막이 반복되던 길은, 삭도에서 내가 반환점으로 삼는 모퉁이까지는 평탄하게 이어졌다. 멈췄던 걸음을 옮기며 속도를 높인다. 달리는 듯 마는 듯 달리던 걸음걸이가 확연히 달리는 모양새가 된다. 그래봤자 군대생활 할 때의 구보 수준이다. 탁탁탁탁, 산길 포장도로를 내딛는 발자국 소리가, 길을 울리고 양 옆의 소나무들과 내 가슴까지 울리며 숲으로 하늘로 퍼져나간다. 발자국 소리에 맞춰 나를 둘러싼 세상 전체가 울리는 맛도 꽤 오랜만이다.

나도 저 둥지의 품 안에 들어 살고 싶었을 때가 분명 있긴

있었는데⋯⋯. 발걸음을 늦춘다. 길 위의 하늘을 가로지르며 뻗은 소나무 가지 앞이다. 가지가 두 개의 작은 가지로 갈라지는 부분에 얹혀있는, 주먹만 한 새의 둥지가 시선을 잡았다. 저 둥지만큼의 욕망을 가지고 가지 위에 앉아 가지의 흔들림에 따라 흔들리면서 살고 싶었다. 그때가 산 너머 산처럼 아스라이 다가온다.

투닥투닥 걷다보니 길모퉁이 반환점이다. 길가에 섰다. 마을이 한눈에 보인다. 산 중턱의 경사지를 따라 띄엄띄엄 10채의 집이 흩어져 있다. 그 중앙에 유난히 큰 몸집의 우사가 도

드라져 보인다.

맨 위의 집에 살던 최고령의 노인도 몇 년 전에 낮달이 되어 떠났다. 자동차로 가스를 실어다 주거나 고장 난 보일러를 손봐준 사소한 일들도 노인은 그냥 넘기는 적이 없었다. 기름값이라며 마루에 돈을 놓고 가거나 소주에 떡 한 봉지를 기어이 손에 쥐어주곤 하였다. 아흔이 넘은 몸으로 산을 오르내리던 노인의 모습은 정년퇴직을 한 뒤 들어온 아들로 바뀌었다.

마을 입구의 쓰러져가는 빈 집도 언뜻 보인다. 오토바이 사고로 몸을 다친 뒤 늙은 어머니가 방으로 들여보내주는 밥을 고양이들과 나누어 먹으며 살던 남자의 집이다. 그가 죽자 고양이들은 흩어지고 어머니는 어디론가 사라졌다. 그들의 자취를 간직한 채 집은 10년 넘게 쓰러지지 않고 있다. 임시방편으로 대충 지어 살던 광부들의 집들과는 다르게, 네모반듯하게 켠 굵은 소나무로 기둥을 세우고 보를 얹어 튼튼하게 지은 집이다. 오래도록 잘 살고자 했던 마음이 지금도 묻어난다. 그래서인지 쓸쓸한 기운이 짙게 서려 있다.

우리 집 아래도 요샌 조용하다. 초등학교에 다니던 딸이 고등학교를 졸업하고 도시로 나간 후, 홀로 늙어가는 여인의 모습만큼이나 적막한 집이 보인다. 풀어놓은 개의 짖음도 적막을 키우고 있다. 집과 거기에 사는 사람의 모습은 신기하게 닮았다.

우사를 바라보고 선, 샘 옆의 집에 살던 노인 부부가 돌아가신 지도 7~8년은 되었다. 젊어서 다친 허리를 돈이 없어 치료하지도 못하고 늙어 죽을 때까지 90도 각도로 구부린 채 살았던 할머니를 집 옆에 묻고, 평창 어디인가의 산속 동굴에 들어가 지내다 죽었다는 할아버지의 모습을 간직한 집이건만, 새로 땅을 임차한 사람이 헛간으로 쓰며 손을 대서 그런지 어쩐지 사람의 주거지라는 생각은 더 이상 들지 않는다.

사람들이 회관 삼아 드나들던, 홀로 살던 할머니의 집은 이제 흔적도 찾기 어렵다. 일어나 문을 열면 지붕이 살짝 보였던 할머니의 집은 달랑 방 한 칸에 부엌이 딸렸었다. 사람들은 시간이 날 때마다 그 방에 모여 할머니와 함께 술도 마시고 얘기도 하고 고스톱도 치며 놀았다. 자연스럽게 할머니는 '회관 할머니'로 불렸다. 노환에 병원살이를 하다가 요양원에서 돌아가신 할머니의 집은 그녀의 죽음만큼이나 덧없이 서 있다가 '빈 집 철거비 지원 대상'이 되어 포클레인의 힘에 의해 한순간에 사라졌다. 짚어보니 내가 들어올 때 노인이었던 사람들은 이제 없다. 노인이라고 할 수 없었던 사람들이 노인이 되어 또 어디론가 갈 날을 맞이하고 있다. 빠르다.

요즘은 일손도 모자라고 이런저런 사람들이 연이어 농촌으로 들어오다 보니 '텃세'라고 할 만한 일들이 많이 줄어들었다. 젊은 사람이라도 들어오면 서로 자기편으로 만들기 위해 먼저 손을 내미는 모습도 보인다.

내가 마을에 들어왔을 땐 귀농이니 귀촌이니 하는 말이 나돌기 직전이었다. 마을에 그런 의미로 들어온 사람의 첫 번째가 우리 식구였다. 막 백일이 지난 아기를 안고 산속 마을로 들어오니 사람들의 시선이 미덥지 않은 눈치였다. 흘깃흘깃 쳐다보며 가까이 하려 하지 않았다. 홀로 사시는 할머니 집을 마을 회관 삼아 사람들이 틈만 나면 모인다는 얘기를 듣고 찾아가 인사도 하고 궁금한 점을 물어보기도 했다. 품앗이를 하기도 했고 상을 당한 집에 찾아가 상여를 메기도 하면서 함께 하고자 했다.

첫해의 단옷날이었다. 변 씨 집 밤나무에 그네를 매고 돈을 모아 읍내 시장에 나가 삼계탕용 닭을 사와서 마당 한쪽에 놓인 가마솥에 불을 지펴 끓였다. 회관할머니 집에서 가지고 온 녹음기에서 쿵따~쿵따~쿵따 뽕짝 노래가 울려나오는 가운데 집 안에 차려진 술상을 가운데 두고 사람들이 모여 앉았다. 나도 빈자리를 찾아 앉으려고 할 때였다.

"어이, 너 이리 와봐!"

월남전에 참전했다는 덩치도 커다란 사람이 내게 말했다. 얼떨떨했다. 나보다 열 몇 살 더 먹었다는 얘기는 들었다. 초등학생과 중학생 그리고 고등학생, 각각 한 명 씩 3명을 제외한다면 내가 막내인 상황이었다. 나보다 열 살 더 먹은 변 씨가 그 다음이었다. 내가 삼십대 후반이었으니 변 씨도 오십은 되지 않았었다. 그를 제외하고 젊다고 할 수 있는 사람 서넛은 오십대에 접어든 상태였다. 내게 명령을 내린 사람도 서넛 중의 한 사람이었다. 그들 모두를 형님으로 모시겠다고 말하긴 했으나, 그래도 그렇지 '어이 너 이리 와봐'라니, 영 거북한 말이었다.

기다란 상 서너 개를 붙인 술자리의 한쪽 끝과 맞은편 끝의 거리였다. 나는 그냥 자리에 앉았다. 막 자리에 앉은 내 머리 위를 소주잔이 스쳐지나 뒷벽에 부딪혀 깨어지는 소리가 들렸다.

"야 임마, 말이 안 들려! 너 이 새끼 이리 안 와! 새파란 놈이 어디서 싸가지 없게 수염을 기르고 난리야 이 노므 새꺄! 내가 수염을 싹 깎게끔 하겠다고 마을 어른들 앞에서 약속했으니까 이리 와봐!"

"글쎄요. 볼일이 계신 분이 와야지……."

"뭐, 이 새끼가!"

내 말이 끝나기도 전에 또 하나의 소주잔이 날아왔다. 벌떡 일어나 내게 달려드는 사내도 보였다.

재빨리 몸을 일으켜 다가오는 사내를 향해 오른발을 들어 가슴팍을 밀어 찼다. 사내가 나동그라지며 음식물을 담은 상 위의 그릇들이 깨지는 소리가 들렸다.

"너 이 새끼 밖으로 나와."

그의 뒤를 따라 문을 나서자 주먹이 날아왔다. 고개를 숙이며 허리를 잡아 오금을 당겨 자빠뜨려 목을 눌렀다. 컥컥, 숨이 막힌 그가 얼굴이 검붉어지면서 내 목을 향해 손을 뻗었다. 그때 사람들이 달려들어 나를 잡아 일으켰다.

내게 땅을 판 이 씨가 나를 잡아끌어 집으로 가라며 등을 떠밀었다. 집에 내려왔으나 마음이 가라앉지 않았다. 윗집에서는 연이어 그의 목소리가 거칠게 들려왔다. 나는 창고 앞에 있던 도끼를 잡았다. 이번 일을 이대로 끝낸다면 어떤 일을 더 당할지 알 수 없었다. 그의 목소리를 향해 쫓아올라갔다. 사람들 사이에서 언성을 높이고 있는 그가 보였다. 도끼를 치켜들며 달려갔다. 그를 향해 내려치는 도끼와 내 팔을 사람들이 옆에서 뒤에서 잡았다.

수염 하나 기르는 것이 사람 목숨을 거는 일일 줄이야 나도 미처 몰랐다. 그런데 목숨을 걸어야 했다. 그렇지 않으면 머리를 땅에 박고 사죄한 후 수염을 깎아야 하는 것이었다. 그렇게 살려면 죽는 게 낫다는 생각을 했다. 어디론가 불쑥 떠나기도 당장은 어려웠다. 가진 돈을 다 털다시피 해서 땅과 집을 사서 들어온 탓에 쉽게 움직일 수가 없었다. 가면 어디로 간단 말인가? 세상의 감옥을 피해 들어왔는데, 또 어디로 도망간단 말인가?

산 아래 마을의 사람들과도 부딪힘이 있었다. 놀러온 사람들과 함께 술을 마시다가 깜깜 밤중에 부족한 술을 사러 가게에 가는 길이었다. 오줌이 마렵다는 옆 사람을 차에서 내려주고 태우지 않은 상태에서 와하하 웃으며 가게로 향한 게 발단이었다. 돌아오며 태울 때까지 어둠속에서 무서움에 떨게 할 요량이었으나 일은 장난으로만 끝나지 않았다. 그때까지만 해도 나는 시골생활을 낭만적으로 생각하는 버릇에서 벗어나 있지 않았다.

불빛을 찾아 들어간 사람 집에서 도둑으로 몰린 친구를 대신해서 다음 날 아랫마을의 집을 찾아가 허리를 깊이 숙이며 사과를 했다. "어디서 굴러와 술 처먹고 다녀!" 숙인 머리 위로 고함이 날아왔다. 고개를 들었을 땐 '휙' 밖으로 나가는 남자의 뒷모습이 보였다. 사과를 받질 않았다. 사과조차 받지 않으면 어쩌라는 것인가? 경찰에 고발이라도 하던지. 이러지도 저러지도 않으면 어찌하라는 것인가? 마을을 떠나라는 것인가?

이 씨를 통해 알아보니 남자는 한때 면 단위농협 조합장을 몇 개월 역임한 전력으로 마을 안의 노인들을 제치고 실질적인 촌장 노릇을 하는 사람이었다. 나보다 서너 살 많았으니 젊은이였으나 마을 사람들 사이에서 차지하는 위치는 최상이었다. 운도 없었다.

그리고 몇 개월이 흘렀다.

"생일이라 고기 좀 샀으니 한잔하러 와!"

회관할머니의 나긋한 말을 모른 체하기 어려워 점심 무렵에 갔더니 사람들이 가득한 방에 전 조합장이라는 남자가 술상을 받고 있었다. 같은 상에 끼어 앉아 술을 마시는 중에도 남자는 나를 보지 않았다. 뭔가 '욱'하는 뜨거운 기운이 취기와 함께 솟았다.

"니가 지금도 조합장이냐? 겨우 서너 개월 했다며? 그것도 한 거라고 사람을 무시해! 사람이 사과를 하면 받아줄 술 알아야 사람이지. 안 그러냐!"

"이건 무슨 새끼야. 남의 마을에 살러 기어들어 왔으면 다소곳이 지낼 일이지. 감히 대들어!"

내 얘기를 받은 목소린 둔탁하기보다는 앙칼졌다. 남자의 뒤에 붙어 있던 여인의 소리였다.

"어디서 깡패 짓 하던 놈이구먼. 젊은 사람이 영 글렀네."

남자의 어머니라는 사람까지 합세했다. 이 씨가 내 손을 잡아끌었다. 방 밖으로 나오니 쪽마루에 앉았던 변 씨와 우사 위쪽에 살던 박 씨가 눈을 흘기며 '다시는 보지 말자'는 듯, 엉덩이를 일으켜 탁탁탁 힘차게 땅을 박차며 멀어졌다.

"난데, 좋은 말로 하는데 빨리 뛰어내려와 사과해! 좋은 말로 할 때 말 들어."

술자리도 함께하고 묘목도 사러 다니며, 아랫마을 사람 중에서는 제법 가깝게 지냈던 엄 씨가 전화를 걸어와 대놓고 윽박지른 것이 그날의 늦은 밤이었다. 남아 있던 취기가 한꺼번에 달아났다. 내가 누구를 가까이 한 것인가? 자괴심이 밀려들었다.

집에 돌아와 생각하니 아무래도 술 취한 행동이었다. 욕을 더 얻어먹고 저번과 마찬가지로 사과를 받아주지 않는다 해도 사과하러 내려가리라 마음먹고 있던 차에, 가깝다고 여겼던 사람에게 협박까지 받고 나니 그런저런 마음조차 사라졌다. 마지못해 사과를 한 뒤에도, 아랫마을에서 성질 더럽다고 알려진 사람이 '앞으로 조심하고 살라'는 말로 가슴에 칼을 박았다. 아하, 이거 벌집을 건드렸구나! 깨달았을 땐 이미 온몸을 쏘인 뒤였다.

부딪힘은 마을 사람들과의 관계에서만 일어난 게 아니었다. 귀농자에게 정착자금을 융자해 준다는 소식을 듣고 군청에 문의를 했더니 다음 날 '농촌지도소'라며 전화가 왔다.

"왜 여기 면사무소에 물어보지 않고 군청에 전화를 하고 그래?"

통통 부은 남자 목소리였다. 묻는 건지 타박을 놓는 건지 종잡을 수 없는 얘기였다. 관리기를 구입한 후 농협에 면세유 신청을 했으나 일주일이 지나고 이 주일이 지나도 서류첩에 서류를 꽂아놓고 처리를 미루던 농협직원의 행동도 말문이 막혔지만, 면세유 허가 서류를 직접 받기 위해 면사무소를 찾았을 때 서류를 발급하여 '획' 내 앞으로 던져주던 직원의 행동엔 기가 막힐 뿐이었다. 전화 가설을 하러 온 사람도, 보수공사를 하고 있던 낡은 집과 내 허름한 차림새를 위 아래로 훑어보더니 "이런 산골 구석엔 우리가 참 많이 생각해서 설치를 해주는 거니까 고마운 마음을 가져야 합니다."라며 우쭐거렸다. 심지어 경계 측량을 하러 온 지적공사 직원까지 '왜 수염을 기르냐?'고 건방지다는 투로 물으며 말뚝을 들어달라고 맡기기도 했다. 차갑게 대해야 했거늘, 고마운 태도로 정중하게 인사를 하고 음료수를 권하기도 한 것이 화근이었음을 깨달아야 했다.

3년 세월이 우당탕탕 지나갔다. 나는 마을 사람들과 일정한 거리를 유지하기로 마음먹었다. 마을 사람들의 경조사에 어지간하면 참석하지 않았다. 밭농사도 자급자족 식의 농사로 축소했다. 읍내에 있는 도서관에 '시창작교실' 강사로 나가기 시작한 것도 그 무렵부터였다. 내 나름의 삶을 찾아야 했다. 아니다 싶은 일은 하지 않았다. 마을 길가에 꽃을 심어 가꾸고 풀과 잡목을 베어 퇴비더미를 쌓는 '새농촌 건설 운동'에는 얼굴도 디밀지 않았다.

나는 마을 사람들에게 '싸가지 없는 놈'으로 불렸다. 5억 원의 마을 기금을 받았을 때도 마을일에 참가하지 않은 나에겐 아무런 혜택도 주지 않으면서 욕까지 바가지로 끼얹으니 당하는 입장에선 이중 처벌이었으나 그러려니 했다.

다시 발을 옮겼다. 그만 살 생각이 아니라면 춥다고 해서 방에만 박혀 있어서도 곤란한 일이다. 자꾸만 오그라드는 몸을 펴야 한다. 추운 만큼 강해져야 한다. 덧없이 가는 세월의 흐름을 견뎌내야 한다. 유리벽에 부딪혀 죽은 새처럼 나도 언제 정신을 놓고 죽을지 알 수 없다. 죽고 사는 일에 연연한다면 나도 얍삽한 인간이 될 수밖에 없다. 나는 유리벽에 부딪혀 죽는 새가 될지언정 유리벽이 되고 싶진 않다.

"어이구, 운동 중이신 모양이네요."

낯익은 높고 가느다란 목소리가 들려 앞을 보니 반장이 차창을 내리고 고개를 슬쩍 밖으로 내민 채 기름기 흐르는 웃음을 짓고 있다. 그새 변 씨 집에 들렀다 나와 또 어디론가 가는 모양이다. 길가의 나무 사이로 보이는 마을 모습에서 눈을 떼지 않고 달리다 차가 앞에 서는지도 몰랐다.

"마을길 풀 벨 때도 좀 나오고 그러시죠. 그런 게 다 의무인데 함께 해주셔야죠."

"의무요? 글쎄요. 의무란 뜻을 모르고 쓰시진 않을 텐데…….
내가 감옥에 갈 짓을 했다는 건데, 그건 아니죠. 상부상조라고 하면 모를까."

"아, 예, 뭐 그렇죠. 앞으로 잘 지내봅시다."

반장의 머리가 차창 안으로 들어가는가 싶자 차가 스윽 미끄러지며 옆을 스친다.

"회의를 해서 정하면 나가지 않을 일도 없겠죠."

나는 차를 향해 냉정한 어조로 말을 던지며 멈췄던 발을 내디뎠다.

'호미씻이'라 해서 매년 김매기를 끝낸 뒤 농부들이 날을 잡아 모여 놀던 날이, 마을에서는 마을길 풀 베는 날로 이어지고 있었다. 풀을 베고 나서, 돈을 추렴하여 마련한 고기와 술을 먹고 마시며 놀았다.

가구 당 한 명은 꼭 나오도록 암묵적인 약속이 돼 있었으나 나는 2년째 나가지 않았다. 반장이 바뀌면서 날짜와 시작 시간 등을 일방적으로 정해 통보하는 방식으로 추진되는 것이 영 마음에 들지 않았다. 전임 반장 때만 해도 김매기 철이 끝나면 마을회의를 열어 날짜를 잡고 어디서 몇 시에 모여 시작하고 점심은 어디서 무엇을 먹는다는 등, 세세히 정해서 했다. 지금의 반장은 그런 게 귀찮은지 어쩐지 말도 없이 자신이 정해 통보를 한다.

"서로 사는 방식이 다르고 상황이 다른데 반장 혼자 정해서 통보한다는 게 말이 되는 겁니까?"

불만을 얘기했지만 맞장구를 쳐주는 사람이 없었다. 작년엔 통보를 받고 보니 날짜가 서울에 올라갈 일과 겹쳤다. '그날 선약이 있어서 참석 못 합니다'라는 문자를 보내고 참석하지 않았다. 올해는 지인들이 나를 찾아오겠다는 날과 겹쳤다. 참석하지 못 할 일은 아니었으나 핑계거리로 삼아 또 나가지 않았다.

"까악 까악."

보이지 않던 까마귀 두 마리가 하늘을 선회하며 자신의 존재를 알린다. 겨울 무렵 모습을 드러내 창공을 가르다 봄이 올 무렵이면 자취를 감추는 새다. 까마귀 소리를 따라 삭도 정류장을 지나 산등성이 너머로 시선을 올렸다. 듬성듬성 박힌 키다리 쇠기둥을 따라 등성이 너머로 이어진 쇠줄에 매달려 산 너머로 넘어가는 검은 빛의 바가지가 언뜻 보였다. 빙판 하늘에 점 하나 찍으며 넘어간다. 꼴깍, 하나가 넘어가니 또 하나가 점을 찍으며 넘어간다. 넘어가고 또 넘어가고 또 넘어간다. 어두워도 추워도, 쇠줄 하나에 몸을 띄우고 하늘 길로 나아간다. 눈이 쌓이고 얼음이 얼고 바위와 절벽으로 인적이 끊긴 산을 굽어보며 스르르르르르 멈춤 없이 나아간다.

가자! 지명 하나 남겨놓고 사라진 탄광처럼. 사라졌어도 사라지지 않은 삭도처럼.

식도 버스 정류장에서 멈추지 않고 집을 향해 달렸다. 우워 우워억, 소 울음소리가 들려온다. 까악 까아악, 까마귀 소리가 소 울음소리를 헤치며 좀 더 크게 들려온다. 까마귀가 살짝 이쁘다.

막히면 막힌 대로 굽으면 굽은 대로

- 424번 지방도로를 따라서

　강원도 홍천군 내면 자운리에서 시작하여 평창군과 정선군을 가로질러 삼척시 근덕면 덕산리 바닷가까지 이어지는 139.6km의 거리를 굳이 처음부터 따라갈 이유가 없다면 그 시작점을 영동고속도로와 가장 가까운 지점으로 정하는 것이 좋지 않을까? 그래, 장평나들목에서부터 시작하자.

　장평나들목에서 봉평 방향으로 빠져나오니 왼쪽으로 '평창청소년수련원'이라는 이정표가 보인다. 이정표를 따라 들어가서 유포리 쪽으로 직진하니 금당산 산행 들머리와 금당계곡의 시작점이 나타났다.

　'봉평'하면 이효석을 떠올려서 그런지 효석문화마을이 있는 영동고속도로의 북쪽 지역만을 떠올리곤 했던 내게 금당계곡도 봉평면에 속해있다는 사실은 낯선 것이었다. "강원도 평창군 봉평면 유포리" 금당계곡의 주소다. 주소만으로 본다면 온전히 봉평에 속한 계곡인 것처럼 보인다. 그러나 자세히 살펴

보면 봉평과 동쪽으로 접해있는 용평면의 장평과 백옥포에서 시작해 봉평과 용평의 남쪽과 경계를 이루고 있는 대화면의 개수리에 이르는 이십여 리의 계곡을 가리킨다. 그러니 평창 강의 상류라고 하는 것이 좋겠다.

풍광이 좋고 고속도로에서 가까우니 왜 안 그럴까 싶게 펜션이나 별장 같은 잘 지어진 집들이 연이어 나타나더니 이어서 전통음식문화체험관이 길옆으로 모습을 드러낸다. 왼편으로 구불구불 이어진 강줄기를 끼고 강의 모습과 닮은꼴로 누워서 묵묵히 내 몸을 받아들이는 길이 무엇보다 예쁘다.

봄바람은 불고 있건만 래프팅 탑승장 주변의 강은 아직 얼음에 덮였다. 5월 하순부터 시작되어 한여름에 절정을 맞는 래프팅의 계절에, 고무보트에 몸을 실은 사람들로 인해 들썩일 것이 마땅치 않은 것인지 계곡은 삼월의 바람을 외면하고 있다.

신증동국여지승람의 평창군 쪽을 찾아보니 평창의 산하를 노래한 남긍(南兢)의 시가 나온다. "노을은 경치 좋은 곳을 표시하여 돌벼랑을 덮었고, 구름은 위태한 봉우리를 호위하여 푸른 벽을 뚫는다. 말을 타고도 오히려 가는 길이 험난한 것을 노래하며, 사람을 만나면 시험 삼아 돌아가 농사짓는 즐거움을 물어본다."

남긍의 시가 금당계곡과는 관계없이 지어진 것일지도 모르

나 그 풍경은 금당계곡의 모습에 더할 수 없이 근접해 있다.
금당산을 끼고 돌며 둥글둥글 모나지 않은 크고 작은 바위들
과 칼날을 세운 듯한 절벽이 조화를 이루며 강물과 함께 흐르
는 모습을 보니 나도 남긍처럼 말을 타고 가고 싶어진다.

　내 마음을 자동차가 알아차린 것일까? 갑자기 덜커덩 쿵덕
쿵쿵 차가 나를 떨궈내 버리려는 듯 요동친다. 아차, 협곡의
풍경에 시선을 빼앗기다 비포장 길이 나타난 것을 보지 못했
다. 급히 차의 속도를 한껏 줄인다. 이놈아 미안하다. 그렇다
고 그렇게 덜컹거리면 되겠냐? 낡은 차를 달래며 남긍의 말은

지금의 내 자동차임을 인정한다.

인정을 하고 나니 늙은 차는 고분고분 슬쩍슬쩍 나아간다. 계곡의 바위와 강물과 갈대와 절벽 같은 계곡의 모든 것들이 살아 꿈틀대고 있다는 것을 인정한다면 나를 태우고 가는 이 오래된 차도 살아 있음을 인정해야 한다. 5월 초순이면 강을 따라 철쭉이 만개하고 한여름에도 손이 시린 차가운 물, 가을이면 계곡 가에 우거진 숲이 단풍으로 어지럽고 버들치·새코미꾸리·미유기·돌고기·쉬리·퉁가리·꺽지와 같은 물고기들이 재빠른 몸놀림으로 계류를 타고 오르내리는 모습들 속에 오늘은 내가 탄 차도 있다.

가만히 바라보면 바위도 절벽도, 나무와 강물과 갈대처럼 흔들리고 꿈틀거린다. 세상 모든 것들이 살아 움직이며 강줄기처럼 어딘가를 향하여 흐른다. 고정된 눈으로 보지만 않는다면 사물의 움직임은 언제 어느 곳에서나 활발하게 드러난다. 다만 많은 사람들이 이 세상의 모든 것들을, 자신의 욕망을 충족시키기 위해 소비하거나 모으는 대상으로만 여기는 까닭에 꿈틀거림을 보지 못하는 것뿐이다.

금당계곡 깊이 들어갈수록 사람들의 그런 모습은 뚜렷하게 드러난다. 이런저런 펜션단지와 스키리조트를 건설하느라 계곡은 어지럽고 길은 구덩이가 파인 채 질편한 몸으로 나의 진입을 자꾸만 막는다. 대한민국 어디를 가도 '공사 중'이라는 말은 금당계곡에도 들어맞는 말이다. 공사를 하지 않는 길옆의 제법 널따란 밭이 눈에 띄었으나 거기도 농사지을 준비를 하는 농부 대신 '땅, 분할해서 판매함'이라는 글자가 또렷한 팻말이 흔들림 없이 서있다.

이제 땅은 '저축이나 투기 혹은 사업의 수단이거나 또 다른 인간 욕망을 달성하기 위한 물건'이라는 말에 거부감을 드러내는 사람은 거의 없다. 땅은 더 이상 살아 움직이는 생명체가 아니다. 그러니 마구 허물고 뒤집고 파고 메워서 돈으로 만든다. 땅, 더 나아가 숲의 나무나 저 멀리 버티고선 산도 생명을 잃은 터에 사람이 만든 물건들은 말해 무엇하랴. 싫증난다 버리고 마음에 들지 않는다고 부수고 신제품이 나왔다고 바꾸고, 만들어지는 때부터 죽은 물체이다. 그렇다면 사람은? 사람이 사람을 대하는 방식이나 태도는? 분명한 것은 사람도 이제 물건이 아닌가?

잠시 차를 멈추고 생각도 멈추고 금당계곡과 금당산에 관련된 전설 한 토막을 살펴본다.

"용평면 재산리에 소재한 금당산은 기암절벽으로 이루어져서 경치가 무척 좋은 곳이다. 학강소 물을 내려다볼 수 있는 바위봉에는 상록수가 드문드문 몇 그루 서 있어 한 폭 그림과 같다.

이 봉우리에서 뒤쪽으로 오르면 큰 산줄기가 뻗어 있는데, 이

금당산 줄기는 대화면, 봉평면, 용평면의 경계로, 산나물과 약초 등에 섞여서 산삼이 자생한다고 전해지고 있다.

어느 날 이곳 주민 한 사람이 학강소 기슭에서 서성이다가 거울처럼 맑은 물속에 비치는 금당산 어느 골짜기에 활짝 피어 있는 산삼꽃을 보았다.

금당산에 올라가서 산삼꽃이 핀 곳을 찾았으나 산삼은 보이지 않았다. 그러나 다시 산을 내려와서 물을 보았더니 물에 비친 산삼은 여전히 꽃을 활짝 피운 채 자태를 자랑하고 있었다."

– 『평창군 향토 전설 설화집』 중에서, 평창문화원, 1997

사람들은 금당계곡을 바꾸는 중이다. 공사를 하는 지금의 모습대로라면 이삼 년만 지나도 금당계곡은 제 얼굴의 많은 부분을 사람의 얼굴로 바꾸고 있을 것이다. 그러나 나는 뭐 그 무슨 걱정을 하지는 않는다. 궁극적으로는 사람도 자연의 일부이고 자연의 일부로서의 사람이 한 행위의 결과물들도 자연일 수밖에는 없는 것이 아닌가? 인간과 인간이 만들고 만들어 가는 모든 것들을 포함해서 이 세상 모든 것들은 다 자연이다. 사람이 사람을 물건으로 생각하고 또 대한다 해도 마찬가지다. 그것도 다 자연스런 현상이다. 그렇다고는 해도 위의 전설 속 삼산처럼 잡을 수 없는 소중한 것들을, 송두리째 잃어버리게 되는 것은 아닐까? 하는 의문은 끈질기게 따라붙는다.

유포3리로 접어들자 울퉁불퉁 길의 모양새를 따라 나를 올리고 내리던 차의 흔들림이 사라졌다. 순간, 잔잔한 물 위로 미끄러지는 배에 탄 것도 같다. 다시 포장도로가 시작된 것이었다. 그래, 어쩌겠나, 이런들 저런들 묵묵히 견디며 나아갈 밖에.

다시 덜커덩 나를 하늘로 튕기며 나아가던 차는 '잠실3교회 금당수련원'이라는 매끈하면서도 커다란 건물을 강 건너로 보여주고 난 뒤, 또다시 왕복2차선의 포장도로로 접어들면서 부드럽게 나아간다. 그렇다. 세상이 어떻든 부드럽게 부드럽게 나아가야 하지 않겠나?

개수리를 지나자 들판이 펼쳐진다. 강과 산과 소나무가 어우러지던 금당계곡의 모습은 간 데 없다. 안미마을을 지나 31번 국도와 만나는 지점에서 직진하여 가리왕산 쪽으로 나아간다. 풍광도, 스치는 마을도, 그저 평범하여 순조롭다. 그렇게 가평을 지나고 삼거리에서 직진하여 다시 계곡으로 접어들어 막 가리왕산을 가로질러 통과하려는 마음이 일렁였을 무렵, 길은 다시 끊어졌다. 노란 페인트칠 바탕에 검은 사선이 그어진 철제가로대가 길을 막았다. '이 길은 임도이므로 국유림 보호를 위하여 출입을 금한다'는 안내문이 적힌 철판이 가로대에 걸려있다. 막 내리기 시작한 어둠이, 차단된 가리왕산 숲속

길을 깊고 깊은 어느 세상 속으로 끌어가고 있는 듯 아득하게 다가왔다.

"지도에는 가리왕산을 지나 정선으로 이어지는 지방도로로 나와 있는데 어떻게 된 겁니까?"

"지방도로가 맞는데요 뭐 어떡하겠습니까? 국유림 관리소에서 국유림을 보호해야 한다며 막았는데."

강원도 지방도로 담당자의 뻣뻣한 답변을 흘려들으면서 차를 돌렸다. 막히고 또 막히는 길. 424번 지방도로는 힘없는 이 땅의 백성들을 닮았다. 막히면 뚫거나 건너뛰거나 날아가려는 사람들이 많은 지금이지만 산에 터널이 뚫리고 강에 다리가 놓이기 전까지 산과 산 사이에 묻혀 살던 사람들은 막히고 또 막히는 막막한 생활을 아라리가락에 실어 풀어내며 돌고 돌아가며 살아왔다. 그들은 세대를 이어 생활환경에 순응하며 아라리 가락을 만들어낸 이 땅의 역사적 인물들이다.

평창 읍내를 거쳐 42번 국도를 타고 맷둔재터널을 지나 미탄으로 나아가며 정선 아리랑을 듣는다.

"강원도 금강산 / 일만이천봉 / 팔만구암자 / 유정사 법당 뒤에 / 칠성단 돋우 몽고 / 팔자에 없는 / 아들 딸 낳으라고 / 백일 정성 / 섣달 열흘 / 기도 노구매 / 정성을 말고 / 타관객리 / 외로운 사람 / 괄시 마라" "눈이 오려나 / 비가 오려나 / 억수장마 지려나 / 만수산

검은 구름이 / 막 모여든다 // 명사십리가 아니라면 / 해당화는 왜
피여 / 모춘삼월이 아니라면 / 두견새는 왜 우나 // 아리랑 아리랑
아라리요 / 아리랑 고개고개로 날 넘겨주게"

―『정선의 구비문학: 민요편』 중에서, 정선군, 2005

느릿느릿 흐르면서 어둠과 체념과 해학이 깃든 가락은 평
창이나 정선의 경관과 그 속에서 생활을 이어온 사람들과 다
르지 않다. 위압적이지 않을 만큼의 높이를 가진 산들과 그저
몇몇을 품에 안을 만큼의 폭을 가진 강을 따라 들어선 자그마
한 사람의 마을들. 멀리서 별 생각 없이 바라본다면 움직이는
사람들의 몸짓이 어릴 적 소꿉놀이하는 모습으로 다가오기도
한다. 그 아기자기한 모습 속에서 어찌 아라리 가락이 나오지
않을 수 있었을까?

정선군은 백두대간이 관통하는 중심부에 자리하고 있어 영
동과 영서의 분수령이 되고 있다. 따라서 정선은 겹겹산으로
넘쳐난다. 정선군의 면적 1,220.62평방킬로미터 중 1,051.28평
방킬로미터가 임야이니 전체의 약 86%를 산이 차지하는 셈이
다. 산이 많으니 골도 많다. 산골짜기에서 흘러내린 수많은 갈
래의 물줄기들이 산에 가로막혀 이리저리 구불거리고 엇섞이
다가 제각기 이름을 달고 흘러 조양강을 이루고, 영월로 내려
가며 동강을 이루고, 단양으로 내려가며 남한강 물줄기가 된

다. 1960년대 이전까지 조양강과 동강은 인근 지류에서 나오는 재목들을 서울로 운반하던 물길이었다. 당시 영월을 거쳐 서울로 오가던 떼꾼들로 인해 정선에서 서울까지 강변경제권을 이룰 정도였다고 한다. 고대 동예(東濊) 이래 고구려 때 정선 땅을 '잉매'(仍買)라고 한 것도 물을 두고 이름한 것이란다. '잉매'는 향찰(鄉札)로 '매'(買)는 물을 두고 한 이름이며, '잉'(仍)은 '인할 잉' '거듭날 잉'이라는 훈과는 달리 '너' '느'의 차자(借字)니 '잉매'는 곧 '느름매'로, 풀어서 말하자면 "수량이 넉넉하여 강줄기가 넓어진 고장"이라는 뜻이라 한다.

비행기재 터널을 통과하여 정선 회동계곡으로 들어가 가리왕산 자연휴양림에 도착한 것은 어둠이 짙게 내린 뒤였다. 막힌 길을 찾아 산을 빙 돌아온 탓에 생각보다 시간이 늦었다. 휴양림 입구에서 숙박비를 지불하고 나무로 지은 집에 들었다. (2003년 오토캠핑장도 개설되었다.) 조리시설이 갖춰져 있다기에 소주와 간단한 부식거리를 사들고 들어갔으나 어이그, 조리대에 놓여있는 휴대용 가스레인지를 살피니 부탄가스가 장착돼 있지 않다.

다음 날 아침, 상쾌한 바람을 가르며 맑은 얼굴의 햇살이 땅 위로 내린다. 보이는 것 모두가 햇살의 얼굴이 되어 반짝인다. 햇살 속으로 나서며 나도 햇살이 되어 나아간다. 자, 오늘은 정선읍에서 화암약수터를 거쳐 몰운대까지 이어지는, 이쁘다는 소문까지 나도는 길을 따라가 보자. 그리고 하장을 거쳐 삼척의 바다로 가서 손이라도 씻어보자. 그런데 가만, 하룻밤을 함께한 산에 대해 한 마디 말 정도는 하고 가야 하지 않겠나?

가리왕산은 해발 1,560.6m이고 면적은 8,615정보로, 청명한 날에는 정상에서 동해를 볼 수도 있다. 갈왕(葛王: 실재했던 왕명이 아님. 고대 신라 왕실에서 추봉하던 왕명으로 갈문왕 제도가 있었다.)이 난을 피해 들어왔다 하여 갈왕산이라 명명된 후 일제강점기를 거치면서 가리왕산으로 불리어졌다. 상봉·중봉·하봉과 청옥산·주왕산을 거느린 거대한 육산으로 강원도의 지붕이라고 지칭되기도 하는데 경사가 완만하여 등산로로 유명하며 주목, 구상나무, 마가목 등의 나무들이 천연활엽수림과 함께 울창한 숲을 이루고 있다.

인사치레로 한마디 덧붙이니 떠나는 몸이 한결 가볍다. 회동계곡을 다 벗어나기도 전에 조양강이 앞을 가로지르며 이제 가리왕산은 잊으라 한다. 다리를 건너 소나무들이 늘어선 산길을 따라 차를 몰아 가다보니 조양강의 말이 아니더라도 가리왕산의 모습은 더 이상 머릿속에 있을 틈도 없다. 새롭게 비집고 들어오는 소나무들의 늘씬한 몸매와 쩍쩍 갈라진 피부를 바라보면서도 무엇을 연상할 틈도 없이 회동계곡을 아주 벗어난 차는 이윽고 솔치재를 넘어 정선읍 외곽을 지나 조양강의 동면 쪽 지류인 동대천을 왼쪽으로 끼고 달린다.

동대천변에 닿아있는 고만고만한 산자락에 앉아있는 고만고만한 집들을 바라보며 나도 고만고만한 사람이 되어 들어가 살고 싶었을까? 속도를 늦춘다고 늦췄지만 차는 내 마음보다 빠르게만 내달렸다. 동면으로 진입하여 화암팔경의 풍광과 마주하기까지는 그저 잠깐이었다. 화암동굴을 알리는 팻말의 글자가 왼쪽으로 눈에 들어오자 그 잠깐이라는 시간의 흐름도 멈칫거렸다.

화암동굴은 강원도 지방기념물 제33호로 지정(1980.2.26)되어 있으며, 1922년부디 1945년까지 연간 순금 22,904g을 생산하던, 당시 국내 5위의 금광이었던 천포광산이 폐쇄된 뒤, 금광 굴진 중 발견된 천연 종류동굴과 금광갱도를 이용하여 '금과 대자연의 만남'이라는 주제로 개발한 테마형 관광동굴이다.

언젠가 화암리를 지나다 둘러보았던 기억이 떠올라 동굴을 지나쳤다. 그리고 아침 겸 점심을 먹은 뒤 화암약수터에 들러 약수를 마시기로 마음먹고 약수터 앞마을로 들어가 주차장에 차를 세웠다.

10시 30분이 지나고 있는 시간대였으나 주차장 근처 길가의 식당들엔 주인이 보이질 않았다. 아주머니 어디 계시냐고 큰 소리로 불러도 사람이 나타나지 않았다. 점심시간에 닿을 때까지는 아직 한 시간이 넘게 남은 때문이라고 해도 문이 열려진 식당에 사람이 없다는 것이 '이렇게 장사가 안 되는 것인가'하는 의문을 갖게 했다.

몇 번의 헛걸음 끝에 마을 외곽에 위치한 식당으로 들어가서 주인을 찾자 구석진 방문이 열리며 사람이 나타났다. 늙은 사내였다. "밥 좀 먹을 수 있습니까?" 내 물음에 고개를 끄덕인 내복 차림의 사내는 방금까지 누워 있었던 듯 이부자리까지 펼쳐진 상태인 방으로 나를 불러들였다. 날이 춥단다.

사내의 연락을 받고 온 아주머니가 한참 지났다 싶게 시간이 흐른 뒤 차려온 밥과 두부찌개는 '강원도 음식이 다 그렇지'하는 말을 다시 떠올리게 만드는 그렇고 그런 강원도 두메산골 시골집의 밥상이었다. 된장 항아리에 묻어두었던 고추는 조금 깨물었다고 깨물었는데도 짠맛이 강해서 밥을 한 숟가락 푹 떠서 입에 보태 넣고서야 씹을 수 있었으며 생선조림은 상한 듯한 냄새를 솔솔 풍겨 젓가락질을 하기도 썩 내키지 않았다. 두부찌개도 고추장을 푼 물에 두부를 숭숭 썰어 넣어 끓인 것이어서 내가 도시에서 자취를 할 때 대충 끓여먹던 찌개를 연상시켰다.

올창묵이나 한 사발 먹고 강냉이 술이나 한잔 걸칠 것을……. 아쉬운 마음에 공연한 투정이 마음속 한 곳에서 꿈틀거렸다. 내가 강원도로 들어와 10년 넘게 지내면서 먹어본 음식 중 기억에 남는 것은 강냉이술(옥수수술)과 올창묵(올챙이 국수, 올

갱이 국수) 그리고 노치와 감자부침과 감자송편·곤드레밥·감자옹심이·메밀묵과 메밀국수 정도다. 그중 강냉이술과 올창묵에 대해서만 잠시 살펴본다.

강냉이술은 메강냉이나 찰강냉이를 약 3일 동안 물에 푹 불린 다음 건져내서 맷돌에 갈은 후 가마솥에 넣고 죽처럼 끓여 식힌다. 그리곤 엿질금을 넣고 삭힌다. 그것을 자루에 넣고 짜내서 마치 엿을 고는 것처럼 달인다. 이런 과정을 거친 뒤에 보리질금과 누룩을 섞어 독에 넣고 3~4일 동안 발효시키면 거품이 부걱부걱 솟아오르며 술이 괴어오른다. 이것을 체에 걸러서 짜면 노르스름한 빛깔의 강냉이 막걸리가 된다. 진짜 옥수수술이라면 기름이 동동 떠야 한다. 기름은 창호지로 걷어내고 먹는데 제대로 만들어진 강냉이술은 부을 때 사이다처럼 톡톡 튀는 소리가 난다. 이 소리를 노인들은 '벼룩이 튄다'고 한다.

올창묵은 올챙이 국수라는 이름으로 시장의 좌판에서 많이 판매되는 토속음식이다. 메강냉이를 이틀 정도 물에 담가 불린 후 맷돌에 갈아 두부 거르듯이 자루에다 넣어 짜낸 뒤 그 물을 솥에다 넣고 끓인다. 어느 정도 끓여 걸쭉한 죽처럼 되었을 때 올창묵 틀에다 부으면 올챙이처럼 생긴 국수가 뚝 뚝 밑으로 떨어지게 되는데, 찬물에 떨구어야 국수 모양이 변하지 않고 풀어지지 않는다. 이렇게 응고시킨 국수를 건져내어 양념간장으로 간을 맞추고, 묵은 김치를 잘게 썰어 양념을 넣고 무친 것을 얹어먹으면 구수하고 소화도 잘 되어 노인들에게도 좋다. (올창묵틀은 바가지에 구멍을 뚫어 사용하기도 하지만 나무로 사각형 틀을 만들어 양철판을 대고 못으로 구멍을 촘촘히 뚫어 사용한다.)

밥을 먹고자 하는 사람들을 위해 덧붙일 만한 것이 있냐고 묻는 사람이 있다면 곤드레밥을 얘기하겠다. 곤드레나물은 취나물과 비슷한 모양새를 하고 있는데 정식 이름은 고려엉겅퀴이다. 5월 20일경~6월 중순 사이에 산이나 들에서 채취하여 살짝 데쳐서 말린 뒤 보관한다. 곤드레밥은 춘궁기를 이기기 위해 오랜 기간 먹어온 음식이다.

어찌 됐든 밥을 먹었으니 약수를 마시기 위해 화암약수터를 찾았다. 입장료 1,500원에 소형차 주차료 2,000원을 부담하고 들어가 약수 한 잔을 마셨다. 톡 쏘는 맛이 몇 년 전의 맛 그대로다. 나오며 잠깐 따져보니 약수 한 잔 값이 3,500원이다. 아 참, 강냉이술에 대해서 한 가지를 빼놓았다. 10년 전, 마을 사람들이 따라주는 강냉이술을 두 사발인가 세 사발인가를 넙죽 받아먹고 혼쭐이 났던 경험이 그것이다.

내가 살던 조양강가의 마을엔 다리가 없어 조각배를 이용하곤 했는데, 강을 건널 땐 배에 타서 강기슭 이쪽과 저쪽을 연결시켜 매어놓은 줄을 잡고 잡아당겨야 했다. 출발은 문제

가 없었다. 그런데 배가 강의 복판쯤에 이르자 뭔가 달라졌다.
줄을 아무리 힘껏 잡아당겨도 배가 앞으로 나아가지 않고 물
살에 휩쓸리며 자꾸만 아래로 흐르고자 했다. 마침 눈이 녹아
물이 불어난 때여서 물살은 생각보다 강한 힘으로 배를 밀며
끌며 밑으로 향하고자 하는 열망을 드러내고 있었다. 죽을 수
도 있다는 느낌이 몸을 휘어 감았다. 팔에 더욱 힘을 주며 밧
줄을 잡아당겼으나 배는 쉽사리 나아가지 않았다. 나를 태운
배가 밑으로 쏠리면서 강을 가로지른 밧줄도 활처럼 강물이
내려가는 방향으로 휘어졌다. 금방이라도 화살이 되어 튕겨나

갈 것만 같았다. 땀이 흘렀다. '정말 이렇게 어이없이 죽을 수도 있는 거구나' 하는 생각이 꼬리를 물고 머릿속을 맴돌았다. 점점 힘이 빠졌다. (그 다음의 일은 이쯤에서 독자의 상상에 맡긴다. 다만 강냉이술을 일반 막걸리처럼 생각하고 벌컥벌컥 들이켜다가는 낭패를 볼 것이란 점만은 잊지 않았으면 좋겠다.)

양쪽으로 늘어선 병풍바위들의 사열을 받으며 약수터 계곡을 빠져나와, 조양강으로 흘러가는 물줄기와는 반대로 방향을 잡아 몰운대를 향하여 천천히 나아갔다. 절벽으로 이어지며 솟구친 산들도 바위이고 산기슭에 흘러내린 것도 바위이고 물줄기가 올라타고 흘러내려가는 강바닥도 바위였다. 소나무들이 뿌리를 박은 곳도 바위였다.

몸이 쩍쩍 갈라지는 아픔을 안으로 머금은 채 버티고 선 바위산들의 행렬. 소금강을 지나 몰운대에 이르기까지, 산이 된 바위들은 제 몸을 헐어내며 끝없이 자신을 변화시키는 자세로 인해 하늘 아래 찬란히 빛나고 있다. 그 찬란함의 끝에 몰운대가 있었다.

한치마을을 지나 산 위로 오르막길을 달리다보니 '몰운대'라는 작지 않은 세 글자가 오른편에 나타났다. 주차공간에 차를 세우고 안내판에 적힌 대로 산길을 따라 250m쯤 들어가니 꽤 널찍한 암반이 드러난다. 암반의 갈라진 틈 사이로 뿌리를 박은 소나무들이 불어오는 바람의 세기만큼 바람이 오고 가는 방향에 맞춰 가지들을 흔들며 나를 맞는다. 몰운대, 많은 사람들이 정신을 놓고 떠난 곳, 그리하여 어디선가 그리워하기도 하는 곳, 끌리듯이 나는 암반 끝 벼랑으로 나아갔다.

'몰운대 소나무'라 했던가! 푸르던 몸이 언제 이리 변했을까? 잎도 떨어지고 껍질도 벗겨진 채 살도 썩어가고 있건만 그래도 지조는 버릴 수 없어 암반을 움켜쥔 채 서 있는가? 절벽 아래 강줄기를 굽어보며, 강 건너 사람의 마을도 굽어보며 끝끝내 살고 싶었는가? 천상의 신인들이 선학을 타고 내려와 노닐던 시간도, 때때로 구름이 쉬어가던 시간도, 시인 묵객들이 찾아와 시흥에 도취되던 시간도 이제 모두 옛날이던가? 300년 푸르던 날도 순간이었음을 알려주려는 듯 몰운대 소나무는 죽어서도 팔을 벌리고 서 있었다.

몰운대를 벗어나니 길은 삼척시 하장으로 이어진다. 구불구불 산길 위로도 삼월의 바람이 세차게 불어친다. 겨울과 봄의 기로에서 불어치는 바람은 겨울을 보내면서 봄은 또 왜 막는 걸까? 길가 벼랑 틈에 앉혀놓은 설통(분봉하여 날아간 벌떼를 잡기 위해 벌이 좋아할 만한 곳에 갖다놓은 빈 벌통이다)을 할퀴며 바람은 사정없이 불었다. 오두재를 넘어 하장에 닿았는데도 끊이지 않고, 댓재를 넘어 멀리 삼척이 보이는 길을 구불텅구불텅 급경사로 내려가는 중에도 불고 또 불었다.

산을 내려오니 하단부를 돌로 쌓아 두른 묘들이 심심찮게 눈에 띄는 것이 새롭다. 노곡 쪽으로 방향을 잡아 쉼 없이 달린다. 천기를 지나며 주위를 살피니 평창이나 정선 같은 계곡 풍경이 다시 펼쳐진다. 구불구불 꺾이고 휘도는 계곡의 물줄기 따라 살아가는 사람들의 노래가 이곳이라고 해서 없을 수는 없었나보다. 노곡에 도착하니 오른편 길가에 메나리 가사비가 무엇보다 먼저 나를 맞는다. '메나리'는 삼척지역 농부들이 김매기 하면서 부르던 노동요를 이르는 말로 삼척시의 중앙인 노곡은 자연스럽게 메나리의 중심이기도 하다. 정선의 아라리와 강릉의 오독떼기와 더불어 강원의 전통적인 소리로 인정받고 있는 메나리 가락의 일부분이나마 음미하면서 424번 지방도로의 끝을 향하여, 앞을 가로막은 마지막 산을 오른다.

"한토리종자 싹이나서 맞곱자니 열매맺는(이후후후) / 창조생산 이농사는 하늘땅에 조화로세 / 어화농사 일꾼들아 어화농사 장하도다 // 온갖부정 거름삼아 오곡백과 꽃을피워 / 천하만민 살릴길은 농사밖에 더있는가 / 어화농사 일꾼들아 어화농사 장하도다 // 늙고젊고 일하기는 농사일이 제일일세 / 어화농사 일꾼들아 어화농사 장하도다 // 아침이슬은 은빛이슬 저녁노을은 어미그늘 / 삼십명 일꾼들아 반달본으로 후려잡아매세 // 아침에만난 친구들은 저녁그늘에 헤어

지네 / 해는지고 밤이가면 아침해는 다시돌아오는데 / 인생한번
죽어지면 다시 못 오느니라"

- 「삼척(노곡) 메나리 가사비」 중에서

들입재를 넘으면서 바다가 가깝게 보인다. 근덕, 바다에 접
한 마을 풍경이 이제껏 달려오면서 보던 모습과는 다르다. 평
평하면서도 황망한 들판에 확 퍼진 듯 펼쳐진 마을이다. 바다
를 닮은 마을을 따라 곧게 누운 좁은 길을 따라가니 드디어
바다다. 바다, 그 끝없는 길이 육로가 끝나는 곳에서 펼쳐지고
있다. 가도 가도 끝이 없었던 바닷길의 기억을 나는 갖고 있
다. 누군가는 저 바다로 또 끝없이 나아갈 것이다.

차에서 내려 길을 벗어나 바닷물 가까이 다가갔다. 삼월의
쌀쌀한 바람 속에서도 많은 사람들이 해수욕장으로 사용되는
백사장을 오가며 서성이고 있다. 어떤 이는 낚시로 낚은 고기
를 썰어 먹으며 웃기도 하고 연인인 듯한 사람들은 손을 꼭
잡고 사진을 찍기도 한다. 그리고 아이들은 조가비를 주우며
밀려오는 파도를 피해 폴짝 뛰기도 한다. 그런 사람들 옆, 백
사장이 끝나는 한편에 시누대로 덮인 둥근 섬이 있다. 지금은
군인들의 경비초소가 있어 들어갈 수 없는 땅이어서 그런지
푸른 무덤처럼 보이기도 하는 섬이지만, 그 섬 또한 길이 끝난
다음에 놓여있는 또 다른 길임을 누가 부정할 수 있을까?

내몽골 메뚜기와 말 그리고 사람과 초원

게르에서 눈을 뜨니 몽골이란 곳에 와있다는 것이 온몸으로 와 닿으며 기분이 좋아진다. 문을 열고 나가니 은은한 햇살이 비치는 가운데 '마자'라고 불리는 메뚜기가 '뷰융 뷰융' 제 몸을 날아 올렸다. 무게만큼의 속도로 내리다 다시 날개를 파닥여 떠올랐다 또다시 가라 앉았다를 반복한다. 그렇게 내 무릎과 허리 사이의 공간을 흔들며 내게 말한다. 인사를 하는 듯도 했지만 가만히 서서 들으니 그게 아니었다.

"여기는 우리가 사는 곳인데 너는 누구니? 왜 왔니? 나 좀 내버려둘 수 없니? 내 모습 그대로, 내 살고 싶은 마음 그대로를 따르며 살게 좀 내버려두면 안 되니? 귀찮게 굴지 말고 내 앞을 비켜주면 안 되겠니? 햇살이 막혔잖아. 앞이 보이지 않잖아. 여긴 내 삶터란 말야."

메뚜기의 앞길을 막지 않고, 살아온 대로 살게끔 해주려 해도 가능하지 않았다. 한 발 내디디면 또 다른 메뚜기가 앞을 막는다. 무시하고 발을 내디디니 메뚜기들이 비켜난다. 메뚜기들로선 어쩔 수 없는 몸짓이다. 부딪히면 제 손해다. 그렇다고 인간을 공격할 수도 없으니 다른 도리가 없었을 것이다.

초원의 풀은 거칠었다. 한국에서의 풀이 아니다. 윤기가 잘잘 흐르는 여린 몸이 아니다. 빽빽하게 깔려 있지도 않다. 듬성듬성 났으나 어디 하나 나지 않은 곳도 없다. 멀리서 보면 기름진 초원이지만 발 주위를 바라보면 듬성듬성 그것도 억세서 풀 같지도 않은 풀이 깔린 초원을 내 거라고 외치는 메뚜기의 몸짓이 신선하다. 누구라도 제 발 디디고 사는 곳이 가장 소중한 곳이지 않던가? 나는 또 그것을 잊고 살았던가?

자신을 부정하지 않고 있는 그대로 받아들일 줄 아는 용기를 갖춘 사람이라면 굳이 여행이 인생의 소중한 부분을 차지하지 않아도 좋을 것이다. 내가 아는 여행은 자신을 찾기 위한 여정이다. 물론 즐기기 위하여 여행을 하는 사람들을 나는 인정한다. 즐거움도 인생에 있어 만만치 않은 소중한 영역임을 인정하는 탓이다.

내몽골 초원의 메뚜기는 진정 그곳의 소중함을 아는 존재였다. 그러니 메뚜기도 초원의 소중한 동물이었다.

"푸르륵 푸르 푸르."

메뚜기들의 아우성을 헤치며 나아가 식당 건물 가까이로 다가가니 잠결에 게르 밖 가까운 곳에서 들리던 소리의 주인공이 풀을 뜯고 있다. 잡아맨 고삐가 보이지 않는 걸로 보아 풀어놓은 상태였다. 다만 멀리 가지 못하게 앞뒤 발 한쪽을 이어서 묶어놓은 것이 인간과 함께 살아가는 길을 택한 말의 아픔으로 다가왔다.

지난 밤, 잠결에 들리는 소리에 잠을 깼었다.

"히이이이이이힝."

게르의 두텁지 않은 벽을 뚫고 들어오는 소리가 있었다. 게르 바로 밖에서 들려오는 소리였다. 슬쩍 몸을 일으켜 나가보니 은은한 달빛 아래 풀을 뜯고 있는 말 한 마리가 보였다. 달빛 그리고 풀을 뜯는 말의 모습과 펼쳐진 초원은 잘 어울리는 삼형제였다. 달빛과 초원과 말. 초원에 내리는 달빛을 먹는 자의 모습은 인간의 처지에선 부러운 모습이었다. 이 땅의 사람들은 저 모습이 부러워서 말 위에 앉음으로써 4형제가 되고자 했을까?

푸르르
말이 풀을 먹으며 숨을 내쉰다
말이 자란다

푸르르
어둠이 꿈틀거린다

어둠이 자란다

히이이이이힝
말이 하늘을 향하여 운다
초원이 자란다 초원이 하늘이다

수첩에 몇 자 적어놓고 제목을 '초원의 밤'이라 달았다. 잠을 재촉하며 눈을 감으니 달빛 아래 초원에서 말과 한 몸이 되어 달려 나가는 사람이 뇌리에 그려졌다.

죽과 치즈와 밀가루 빵으로 차려진, 몽골의 초원을 빼닮은 풋풋하고 거친 아침을 먹으니 뭔가 속이 허전하다. 그러나 몸은 가벼웠다. 말 타기를 앞둔 시점이니 오히려 맞춤한 식사였다.

"부르르르 붕붕 부붕."

생전 처음 타보는 말 등 위에서 앞에 달려 나가는 말의 방귀소리를 들으니 풀들이 엮어내는 노래로만 들린다. 풀의 모습만큼 거친 소리였으나 펄떡이는 생생한 소리였다. 방귀를 뀌는 말에 올라 내가 탄 말의 고삐까지 잡고 나아가는 몽골인의 뒤를 따르며 나는 간밤에 떠오르던, 말을 타는 사람을 보았다. '푸푸' 숨을 내뱉으며 나아가는 말과 등에 올라탄 사람은 누구보다 가까웠다. 가깝다기보다는 일체라는 말이 어울렸다.

말과 사람 사이의 정을 이야기하던 역사 속의 수많은 야사들이 옛날이야기가 아니라 현실로 다가왔다. 말을 탄다는 것은 말과 사람이 온전히 한 덩어리가 됨을 의미했다.

정신을 나 아닌 대상에 팔고 있어서였을까? 앞으로 앞으로만 나갔는데 어느덧 출발한 곳이 눈에 들어온다. 그제야 '빙' 원을 그리며 달렸음을 눈치챘다. 가고 또 가다보면 언젠가 제자리로 돌아가는 자신을 보게 된다는 걸 초원이 내게 알려주려 했던 것일까?

초원에선 풀과, 풀을 먹으며 살아가는 말과, 말을 타고 살아가는 사람이 모두 닮은꼴이다. 한 덩어리로 뭉쳐서 굳힌다면 차돌이라도 될성부르다.

오후에 들른 주민의 집에서 보았던 생활현장의 모습 또한 초원의 또 다른 이름이었다. 한 덩이의 소똥이라고 해도 그럴 듯하다. 집 주위의 한쪽에 마치 오래된 기왓장처럼 소똥을 다져 세워서 쌓아놓은 무더기를 바라보며 나는 오래도록 서있었다. 똥은 더 이상 똥이 아니었다. 화장실이 없는 집도 이해하지 못할 일이 아니었다. 초원이 주민생활의 모든 것이란 걸 아는 데는 오래 걸리지 않았다. 나아가 문도 칸막이벽도 없는 중국의 화장실까지도 이해하지 못할 게 아니라는 걸 초원은 말해주고 있었다.

똥으로 불을 피운 화덕의 열기로 소젖을 가열시켜 만들어낸 우유두부 덩어리를 한 점 떼어내 맛을 보니 쫀득쫀득 찰지기도 한 것이 초원에서 만난 생물들의 어우러짐 같았다. 초원의 현지 예술인들이 펼치는 민속공연과, 통째로 구워져 나온 양 한 마리와, 주민들이 마중 나와 첫인사로 건넸던 마유주와 함께했던, 그날 밤의 장작불이 타오르는 놀이마당에서 사람들과 손을 잡고 춤을 추며 바라보던 하늘엔 별이 뜨지 않았다. 그러나 어디선가 풍요로운 바람이 파고들며 가슴을 채워주었다.

식당 앞 초원에서 펼쳐진 놀이마당의 흥겨움이 아니더라도 현지 주민의 집에서 숙소로 돌아오던 길에 들른, 한국의 서낭당을 닮은 '오보'가 버티고선 산을 오르며 나는 이미 초원의 향기에 가슴이 젖어 있었다.

산도 어김없는 초원이어서, 키 작은 풀들로 덮인 길 없는 길을 걸어 산마루로 발걸음을 옮기는데 '풀풀' 발길 따라 일어서는 아찔한 향기가 있었다. 오줌줄기 같은 빗줄기가 '휘휘' 지나간 뒤였다. 발을 멈추고 바라보니 작디작은 꽃들이 피어 바람에 살랑이고 있었다. 환경이 좋지 않을수록 뿌리를 내리고 살아가는 풀의 생명력은 질겨 자기도 어쩔 수 없이 밖으로 내뿜는 향기가 있다. 숨길 수도 없는 향내음을 발산하는 풀꽃들은 작기도 작았지만 질기기도 질겨서 발에 밟혀도 으깨지지 않은 채 향기를 땅에 하늘에 휘날렸다. 슬쩍 불어가는 바람에 맡겨 번지게 하는 기술도 뛰어나서 세상이 온통 꽃의 향기로 가득했다.

그 시간 이후 더 이상 몽골의 무엇을 알려 하지 않았다. 그저 보면서 무심히 걸었다.

그쯤의 어느 한 때였다. '나는 이들—메뚜기·말·소·사람 그리고 초원에게 무엇일까?'라는 의문이 문득 일었다. 단정하긴 어려웠지만 곱씹지 않을 수 없는 의문이었다. 내몽골 메뚜기 '마자'의 속삭임이 들려왔다.

안녕, 나 여기 있어
너무 가까인 다가오지 마

너를 인정해
나도 너에게 가고 싶지
그래도 너무 가까이 다가오진 마

너는 너대로 나는 나대로
그렇게 차갑게 살아야 하지

나와 시

　나는 오늘도 밥을 먹었다. 보통 사람들은 세 끼를 먹지만 나는 아침을 좀 늦게 먹고 저녁도 좀 늦게, 두 끼를 챙겨먹는다. 밥을 먹는다고 하는 말의 의미는 단순하지가 않다. 무엇인가를 섭취한다는 측면에서 보더라도 쌀을 익혀 입을 통해 위장으로 들여보내는 것만을 의미하지는 않는다. 오늘 저녁에 내가 먹은 것만 떠올려 봐도 그렇다. 밥 외에 아욱된장국과 열무김치와 고구마줄기조림과 김과 호박조림 그리고 멸치볶음을 먹었다. 양배추 찜을 고추장에 찍어 먹기도 했다. 각 반찬에 들어간 소금과 간장과 파와 마늘, 고춧가루, 된장 등등의 양념도 보이지 않게 자리를 차지하고 있다. 물과 불은 기본으로 첨가돼 있고 만든 이의 정성 같은 것까지 생각한다면 생각만으로도 복잡해진다.

　내가 먹은 것들은 대개 집 주위의 밭에서 나온 것들이다. 아내와 나의 땀이 스며들었고 손길이 닿았다. 땅을 갈고 고랑을 만들고 씨앗을 뿌리고 가꾸어 수확을 하기까지의 세월도 녹아 들어 있다. 작물들은 그 외에도 지구의 구석구석을 돌고 돌아 내려온 비를 빨아들이고 땅에서 하늘 끝까지 휘도는 바람을 맞아들이며 우주의 공간을 날아온 햇살을 받고 땅의 양분과 기운까지 받아들여 열매를 만들고 몸을 키워냈다. 거기에 벌 이나 나비 같은 곤충들의 역할도 뺄 수는 없을 터이다.

땅의 양분과 기운이라고는 했지만 그 또한 단순하지가 않 다. 땅은 온갖 양분들이 모여 있고 미생물과 벌레들이 득시글 거리는 복잡하기 그지없는 세상이다. 별똥별이 떨어지는 모습 에서 유추해볼 수 있듯이 우주의 온갖 물질이 뒤섞인 우주의 양분이기도 하다.

내 입으로 들어간 밥 알 하나와 채소 한 잎에도 무수한 물 질과 손길이 녹아들었음을 생각하면 밥을 먹는다는 일도 무심 히 흘려보낼 수만은 없는 일이라는 걸 생각하게 된다. 땅이 어 찌 생겨나고 내가 먹은 생물들은 또 어찌 생겨난 것일까에 대 해서까지 생각이 미치기 시작하면 신기한 생각도 든다. 어찌 보면 먹고 산다는 행위가 기적처럼 느껴지기도 한다.

이런저런 우주의 양분과 손길이 스며든 먹거리에 대한 생 각의 끈을 이어가다보면 밤하늘을 꽉 채우고 있는 수많은 별 들과 지구가 다른 게 아니라는 데에도 가닿게 된다. 거기서 한 발짝 더 나가면 나는 우주를 매일매일 씹어 먹으며 살아가고 있다는 데에까지 생각이 미친다. 먹기만 하는가? 호흡을 통해 우주의 기운도 받아들인다. 먹이였던 곡식이나 채소와 마찬가지로 햇살도 흡수한다.

이 세상이 우주의 한 부분인 탓에 지구에서의 생활은 곧 우주에서의 생활이 된다. 먹는다는 행위 또한 우주적 행동이 된다. 그러니 이 세상의 모든 일은 우주적인 현상이다.

여기에서 생각해본다. 나는 과연 무엇일까? 아버지의 아버지의 아버지, 혹은 어머니의 어머니의 어머니, 이렇게 끝까지 가본다면 어디에 닿을까? 사람과 사람 아닌 것들의 차이는 인간이 지금까지 생각해왔던 것보다 그리 크진 않은 것으로 유전자를 연구하는 학자들을 통해 얘기가 된다.

나는 가끔 '나란 것이 존재하고 있기나 한 것일까?'라는 생각에 휩싸이곤 했다. '먹는다'는 행위를 통해서 받아들인 것들로 구성된 몸이니, 지금의 육체를 곧 '나'라고 하기엔 무리가 있다. 그렇다면 어머니 뱃속에서 태어날 때의 나를 '나'라고 할 수 있을까? 어머니와 아버지의 합체라고 해야 옳지 않을까? 거기에 내가 끼어들 여지가 있는 것인가?

과연 '나'는 나의 어디서부터 어디까지일까? 이런저런 의문을 이어가고 있는 생각은 온전히 '나'인가? 사람들이 지금까지 쌓아온 지식의 결과물에 다름 아닌 것은 아닐까? 그랬든 어쨌든 '나'라고 할 수 있는 것은 있을 것이라고 나는 생각한다. 아주 사소한, 훅 불면 날아갈 정도의 사소한 부분이라고 할지라도 '나'는 존재하리라 생각한다. 다만 지구가 우주 속에선 무시해도 좋을 정도의 작은 부분이라는 말에 동의하는 차원에서 본다면 '나'는 무시해도 좋을 만큼의 작은 존재이지만 그렇다고 없어도 좋은 존재는 아니다. 적어도 인간의 모습을 유지하고 있는 동안의 나는 작은 존재라고 하여도 작은 존재가 아니다.

여기서 다시 '나'에 대해 생각해본다. '나'는 무엇일까?

내 인생의 어느 지점까지 나는 지금의 내 모습에 집착했다. 그러나 너와 구별되는 나, 그것만으로는 오롯이 '나'가 될 수 없었다. 나의 지평을 조금씩 넓혀보았다. 내가 매일매일 먹는 들녘의 수확물들은 나의 몸을 매일매일 채우고 있다. 그런 뜻에서, 하루도 빠짐없이 먹는 곡식과 채소 등을 내가 아니라고 말할 수 없었다. 작물을 키워내는 땅과 햇살과 비와 바람 또한 내가 아니라고 말할 수 없었다. 이런 생각의 연장선에서, 세상 만물을 내가 아니라고 말할 수 없었다. 우주의 처음부터 끝까지 존재하는 모든 것들을 다 '나'라고 말할 수 있었다.

이때의 '나'는 세상과 합일된 하나의 몸이다. 이 지점에서 좀 흥분이 되기도 한다. 그래 내가 바로 세상이었구나! 저 숲과 짐승들·흙·돌·풀·하늘·구름과 바람, 세상의 어둡고 무심하거나 찬란하고 희열로 가득 찬 모습이 곧 내 모습이었구

나!

　시는 바로 여기서 태어난다. 세상 전체가 곧 나인, 열려진 세상이 눈앞에 펼쳐진다. 나는 자연이고 만물이고 전체이고 우주이고 풀 한 포기이면서 꽃 한 송이고 바위이면서 별이고 구름이면서 강이고 바다이면서 나무이기도 하고 이웃이면서 부모이기도 하고 자식이기도 하고 눈앞을 스쳐가는 파리이기도 하다.

　나의 지평을 확장시켰을 때 만나는, 우주와 일체화 되는 이러한 세상이 시의 세상이다. 시는, 진정한 나를 만난 기쁨이거

나 또 다른 나를 그리는 슬픔이거나 또 다른 나에 대한 분노
이거나 또 다른 나에 대한 성찰이거나 또 다른 나에 대한 발
견이다.

내 삶 속의 동물들

1. 닭

"꺄아악 꺄악."

어둠을 찢는 소리가 들렸다.

'이건 죽음이다!' 몸을 재빠르게 일으켜 손전등을 찾아들고 밖으로 나갔다. 집 뒤 밭 귀퉁이에 있는 닭장은 어둠에 잠겨 고요했다. 가까이 다가가 닭장 안을 비추었다. 바닥에 허연 닭이 보였다. 닭의 모가지를 물고 있는 고양이도 보였다. 둘은 하나같이 움직이지 않았다. 문을 열며 '우악 소리를 질렀다. 그제야 닭의 목을 놓은 고양이가 산란장 지붕으로 팅기듯 올라갔다. 횃대에 앉아있던 검붉은 암탉 두 마리가 화다다닥 땅으로 날아 내렸다.

수컷 흰 닭은 여전히 가만히, 고양이에게 물려 죽음을 기다리던 모습 그대로 움직이지 않았다. 산란장 가까이 다가가 지붕에서 나를 노려보는 고양이를 향해 들고 들어간 막대기를

치켜드니, 횃대에 남아있던 닭들과 땅에 내려앉았던 닭들이
'파다닥 화다다 꼬꼬댁 고고고' 날며 뛰며 고양이보다 더 난리
다.

순간적으로 닭들에 한눈을 판 사이 고양이의 모습이 보이
지 않았다. 산란장 안과 뒤까지 샅샅이 살폈으나 눈에 띄지 않
았다. 닭들의 날갯짓에 날아오른 먼지와 함께 비릿한 닭 냄새
가 숨을 막았다.

수탉을 횃대에 올려주고 문을 닫은 뒤, 닭장 어디에 구멍이
라도 뚫렸는가 살폈으나 보이지 않았다. '출입문을 어설프게

닫아서 고양이가 비집고 들어갈 틈을 준 게지.' 문을 밀어 철사로 단단히 묶고 방으로 들어왔다. 02시가 넘어서고 있었다.

대여섯 마리의 닭들이 낡은 망을 뚫고 습격한 짐승에 의해 몰살당하는 사건이 일어난 것이 2년 전이었다. 작년 가을, 닭장의 위치를 집 가까이 옮기며 쇠망과 나일론망을 이중으로 쳐서 튼튼하게 짓고 양계장용 암탉 다섯 마리와 토종 암탉 두 마리를 넣었다. 그리고 수탉도 토종으로 넣었다.

매일매일 아이 주먹만 한 알을 낳는 양계장용 닭은 깃털도 불그죽죽한 데다 꺼칠한 것이 영 볼품없게 생겼다. 그래도 알을 잘 낳으니 밉지 않았다. 인공적으로 부화돼 길러진 탓인지 사람을 경계하지도 않고 잘 따랐다. 다만 그런 까닭에 제가 낳은 알을 품질 못했다. 그에 비해 토종닭은 스무 개 남짓 알을 낳으면 알품기에 들어갔다. 부식용 알을 얻기도 어려웠다.

아직은 겨울의 꼬리를 매단 바람이 끊이지 않는 가운데 두 마리 토종 암탉이 포란에 들어갔다. 예쁜 병아리들을 볼 수 있겠다고 말하는 사람이 있다면 이런 말을 들려줄 수밖에 없다.

"먹고 산다는 건 차가운 것이지요."

2. 개

줄로 묶어놓고 키우는 방범용 진돗개는 나에 대해 불편한 심기를 갖고 있는 사람들과 그렇지 않은 사람들을 정확하게 분별한다. 집 앞으로 자동차가 지나가도 거기에 타고 있는 사람이 나와 잘 소통하며 지내는 사람이 아닐 경우에만 짖어댄다. 신통한 개다. 어찌 사람의 마음에서 파생되는 작디작은 움직임의 조각들을 낚아채듯 간파하여 짖어대는지.

진돗개가 짖을 때면 따라 짖는 작은 개도 있다. '복실이'라고 부르는 개다. 사람에게 위협이 되거나, 밭에 덮어놓은 비닐을 찢거나, 흑염소나 닭을 습격하는 등의 일과는 거리가 있는 개이기에 그냥 풀어놓았다. 어디 가서 무엇에 당했는지 뒷다리가 찢긴 뒤부터 절룩이며 걷는다. 지나가던 큰 개에게 물려 배가 터져 아내가 실로 꿰매주고 항생제를 먹여 겨우 살리기도 했다. 차 뒤를 따라 산 아랫마을까지 쫓아오곤 해서 한 번은 트럭 짐칸에 태우고 면소재지까지 갔는데, 상황이 이상하다고 판단했던지 세워놓은 차에서 뛰어내려 산으로 들어가 잃어버리기도 했다. 물 건너 산 넘어, 일주일이 지나 다시 집으로 찾아든 녀석의 몰골은 꾀죄죄하고 홀쭉히 마른 게, 숲속의 거지였다. 그래도 제집에 찾아왔다고 '멍멍멍멍' 마당 안팎을 뛰어다니며 돌아온 기쁨을 만끽하던 놈이다.

요즘도 나나 아내가 집 밖으로 움직이면 언제 따라붙었는지도 모르게 뒤에 따라붙는다. 아는 손님이라도 오면 나보다 먼저 쪼르르 마중을 나간다. 이제 늙어 새끼도 낳지 못하고, 이빨이 빠져 생선가시는 씹지도 못하며, 딱딱한 먹이는 그냥

삼키면서 녀석은 살아간다. 나보다 늙은 녀석이어서 우리 집
식구들 누구도 박대하지 못한다. 어쩌면 이 집의 진정 주인다
운 주인이다.

3. 벌

이삼십 통을 치던 4~5년 전엔 꽤나 번성했던 집 옆 숲가의
양봉장은 폐허가 되었다. 유충이 썩는 전염병이 번지고 줄기
차게 쏟아지던 작년 여름의 빗속에서 비기 시작한 벌통은 가
을로 접어들며 끝을 맺었다. 그런데 가을이 깊어 겨울이 들 무
렵, 어디선가 날아온 한 무리의 벌이 비어있던 벌통 하나를 채

왔다. 부랴부랴 설탕물에 꿀을 타서 양식으로 넣어줬더니 겨울을 무사히 넘기고 살아남았다. 그래 어찌어찌 분봉군을 하나 받아 두 통으로 늘렸으나 다시 병이 돌아 원통의 봉군만 살아남았다.

비가 내린 다음 날인 오늘, 햇살이 포근하여 문을 열고 있어도 차가운 감촉이 느껴지지 않았다. 어디 보이지 않는 곳에 피어나고 있을 꽃을 찾아 날아다니는 벌을 떠올리며 양봉장으로 발을 옮겼다.

느릅나무 아래 가까이 가자 '씨융 씨융' 벌의 날갯짓 소리가 힘차게 들려왔다. 이른 봄의 벌이 내는 소리는 예리하다. 자칫 잘못하면 내 목까지 벨 기세다. 꽃을 찾는 마음이 그만큼 간절하다는 뜻일 게다.

겨울을 난 벌들은 여왕벌이 낳은 알을 보살펴 새로운 일꾼으로 만들어 놓고 자신의 생을 마무리 짓겠지만, 5월이 오면 새로 태어난 벌들이 자신들의 또 다른 세상을 만들기 위해 '윙윙' 하늘을 가리며 떼를 지어 날아오를 것이다. 그때 나는 그들이 겨울양식으로 갈무리 해놓은 꿀을 또 **빼앗는** 날을 떠올리며 두근거리는 가슴을 지그시 누르겠지.

4. 흑염소

자주 찾아오는 두 집의 여인들이 아내와 함께 의기투합하여 흑염소를 한 마리 길러서 잡아먹자고 마음을 맞춘 뒤 새끼 한 마리를 사온 지도 2년 가까이 됐다. 그동안 새끼는 자라나 두 번 새끼를 낳았다. 처음 낳은 새끼는 수컷이었다. 태어난 지 6개월이 넘어서자 어미보다 더 컸다. 이젠 약속을 지킬 때 라며 아내는 아랫마을 사람을 불러 수컷염소를 잡았다. 한겨 울이 지나고 멀리서나마 봄기운이 느껴지던 어느 날이었다. 약속을 했던 두 집의 부부가 몰려들어 세 집이 잔치를 벌였다. 그리고 채 한 달이 지나지 않아서였다. 가마솥에 삶아낸 수컷 염소 고기가 아직 냉장고에 남아있는데 어미 염소는 또 새끼 를 낳았다. 배가 부른 것이 아무래도 이상하다고 생각하고 있 던 터였다. 발정이 나면, 흑염소를 여러 마리 기르고 있는 참 외밭집으로 데리고 갔으나 수컷 새끼를 낳은 뒤로는 그런 일 이 없었다. 사람의 윤리적 시각으로는 받아들이기 힘든 일이 었으나 사람의 일이 아닌 흑염소의 일이었다. 이번에는 암컷 이었다. 어찌 됐든 수컷흑염소는 자신의 씨를 남기긴 했다.

잡아먹은 수컷 염소는 나를 경계하지 않았다. 어쩔 땐 가까 이 다가와 뿔로 받는 시늉을 하며 장난을 치기도 했다. 그럴 때면 끔찍한 느낌이 들기도 했다. 어차피 곧 잡아야 할 녀석이 었다. 그런데 '꿈틀' 정감이 솟아나곤 했다.

풀을 뜯던 흑염소가 나를 보더니

'매애애— 맛있는 거 좀 줘'

얘기하며 따라온다

아들이 서너 살 때의 모습이다

이번 달이 지나기 전에 잡아야하는데

내일이라도 사람들이 오면 잡아야하는데

'매애애— 맛있는 거 좀 줘'

자꾸만 따라온다

　　　– 졸고, 「끔찍하다」 전문

　그래도 마음을 달리 먹을 순 없었다. 잡으려고 기른 놈이니 잡을 수밖에.

　수컷흑염소가 남기고 간 새끼가 나오던 날은 나도 힘을 써야 했다. 괴성을 질러대는 흑염소의 소리를 듣고 우리에 가니 허연빛의 맑은 굽을 가진 다리 두 개가 엉덩이 사이로 삐죽 빠져나온 상태였다. 소리소리 지르는 흑염소를 바라보며 내가 다 힘이 빠졌으나 기다려도 기다려도 좀체 나오지 않았다. 지켜볼 수만은 없었다. 세상 밖으로 나온 두 발을 움켜쥐니 어미의 몸속에 있는 새끼의 놀란 듯한 움직임이 전해졌다. 힘껏 당겼다. 새끼는 나오지 않고 어미의 몸이 질질 끌려왔다. 그래도 더욱 힘을 주어 당기니 어느 순간 쑤욱 새끼가 빠져나오며 '빼애액' 울음소리를 내질렀다.

　그렇게 나온 녀석이어서 그런지 보면 볼수록 예쁘다. 며칠
지나지 않아 톡톡 튀고 뱅그르르 몸을 돌리며 뛰기도 하는 것
이 여간 예쁘지 않다. 아무래도 큰일이다. 저 녀석을 또 어찌
잡아야 하나.

좋은 게 좋은 거라고 당신은 말하지만

"택밴데요."

"예, 어디시죠?"

"푸른농원 아시죠? 지금 금방 거기 맡겨놓았는데."

"아니, 아무 데나 그렇게 갖다 놓으면 안 되죠? 먼저 물어보고 맡기든지 말든지 해야지."

또 내 의사를 묻지도 않고 택배물품을 맡겨놓았다. 어디에 맡겨놓았으니 찾아가라는 얘기다. 지시처럼 들린다. 말이 턱 막힌다. 한 달이나 됐을까? 그것만큼은 안 된다고 분명히 잘라 말했었다. 물건을 아무 데나 내팽개치는 일이 다시 벌어진다면 조치를 취하겠다고.

"저번에 사모님이 그곳에 맡겨놓으라고 얘기하셨거든요."

내 음성이 뭔가 심상치 않다는 낌새를 챈 것인지, 택배기사의 어조가 부드럽게 바뀌며 아내를 끌어들인다.

이곳에 터를 잡은 뒤, 처음엔 참 황당했었다. 택배라는 것이 무엇인가? 집까지 배달을 해주는 것이 택배라는 나의 관념을 수정해야 했다. 산 밑 마을까지만 배달이 된다 했다. 우체국 택배를 제외한 모든 택배회사들이 하나같이 그랬다. 비용을 더 부담할 용의가 있으니 배달 제외지역으로 설정한 곳들에 한해 요금을 현실적으로 인상할 것을 택배회사에 건의도 해보 았으나 별다른 조치는 이뤄지지 않았다.

이후 그러려니 하면서 살아온 지도 15년이 됐으나 오늘처 럼 사전 연락도 없이 물건을 떨어뜨려 놓는 일은 그냥 넘길 일이 아니었다. 배달을 해주지 않는 것이야 그렇다 해도 물건 을 자기 마음대로 편리한 곳에 맡겨놓고 찾아가라는 것만큼은 인정할 일이 아니었다.

다시 한 번 주의를 주고 전화를 끊었다. 이웃 박 씨의 말처 럼 '좋은 게 좋은 거'라고 하면서 한두 번 넘기다보면 곧 응당 그렇게 되고야 마는 게 이런 산골에서의 사람살이였다. 되고 되지 않고의 구분선이나 한계선이 없다.

그렇지 않아도 오늘은 산 아래서 불어오는 바람에 실려 오 는 똥냄새로 인해 아침부터 기분이 일그러져 있었다. 매년 겪 는 일이지만, 그래서 익숙해질 만도 하지만, 밭에 뿌리는 분뇨 액비의 고약한 냄새는 그렁저렁 넘어가자 해도 짜증을 불러일 으킨다. 숙성을 제대로 시켜 발효가 완료된 액비라면 냄새가 이리도 고약할 수가 없으리란 생각에 다다르긴 했으나 달리

어찌할 방도가 없다. 마을 사람들은 드러내놓고 좋다 싫다 말을 하지 않는다. 문을 꼭꼭 닫고 방안에 있으면 그럭저럭 견딜 만하다는 게 그나마 다행이다. 빨리 비가 내려 냄새를 씻어 가 주길 바라면서 그동안 손님이 찾아오지 않길 희망하며 하루하루를 보낸다. 어쩌면 가뭄 때보다 더 간절하게 비를 기다리는 날이 시작됐다. 그나마 비가 자주 내리는 철이다. 작년에도 하늘은 그리 무심하지 않았으니 올해도 그러리라, 은근한 바람을 품에 새긴다.

그나저나 이번으로 끝인지 아니면 또 뿌릴 것인지, 못내 마음이 어지럽다. 마을회의라도 열어서 조율을 하면 좋겠지만 그건 내 희망사항이다. 마을 길가 풀베기나 눈 치우기, 도로청소와 쓰레기 처리, 축사나 식수 문제 등을 놓고 서로 마주앉아 토론을 통해 의견을 수렴해야 하지 않느냐고 얘기를 해도 들은 척 만 척이다. 부역이 필요하면 이장이나 반장이 일방적으로 날짜와 경비를 정하고 통보를 해서 모이라고 한다. 사람들은 그런 방식에 익숙해져 있다. 나오라면 나오고 들어가라면 들어간다. 그것도 전날에 통보를 하는가 하면 당일 아침에 전화나 확성기를 이용해 알리기도 한다.

통보방식도 못마땅한 데다 책을 읽거나 글을 쓰다가 새벽에 잠드는 일이 많은 나는 아침 일찍 시작하는 그런 일들을 알면서 넘기기도 한다. 날이 밝기 무섭게 확성기에서 실려 나오는 이장의 목소리와 유행가 가락에, 잠을 설쳐 피곤한 하루를 맞이하게 되는 일도 있다는 얘기는 꺼낼 수조차 없다. 그러니 한편으론 익숙해졌으면서도 불편함은 늘 따라다닌다.

"에이, 주말쯤에 비가 온다던데, 똥 뿌릴 사람 있으면 서로 얘기 좀 해서 하루 전에 모아서 뿌리면 얼마나 좋나!"

한 마디 내뱉으면 그래도 답답함이 덜하니, 또 불평이 날숨을 따라 흘러나온다. 가부장적인 가족제도에 익숙한 사람이라면, 그리고 시골마을이 가족적인 공동체가 되길 원하는 사람이라면 편안한 정경일 수도 있지만 그런 걸 원치 않거나 좋게 보지 않는 사람이라면 불현듯 앞을 막아서는 육중한 장애물과 맞닥뜨리게 된다.

냄새도 나고 하니 오늘은 읍내나 다녀와야겠다. 아들 자전 거도 고쳐야 하고 차도 브레이크가 이상하니 정비소에 들러 점검을 받아봐야겠다. 40분 정도 차를 타고 가면 되는 거리여 서 쉽게 다녀올 수도 있는 곳이건만 세월이 흐를수록 머뭇거 려진다. 기름 값도 문제지만 한 번 나가 일을 보고 들어오면 하루가 훌쩍 지나가는 탓이다. 어차피 하루를 보낼 일이니, 볼 일을 모았다가 한꺼번에 해결하는 버릇이 생겼다.

읍내 나오면 꼭 들르라는 지인의 가게에도 갔다가 올까? 문 득 일주일에 한 번쯤은 전화를 하곤 하는 사람의 얼굴이 떠오 른다. 가면 술을 한잔 하게 될 텐데. 그러면 차 운전은 또 어찌 하나? 오랜만이니 마음 풀고 넉넉하게 마시다가 대리운전으 로 들어올까? 오락가락하는 마음에 쉽게 결정을 내리지 못하 면서도 자리에서 몸을 일으켰다. 택배물품도 찾아서 싣고 와 야 하니, 나갈 거면 어서 나가자. 지인의 가게에 갈지 말지는 발에게 맡겨두기로 하자.

보이지 않는 죽음을 본다
- 시집 『일방적 사랑』에 붙여

바다소리가 들린다. 바다소리는 파도소리다. 그리고 바람소리다. 눈을 뜨기 전부터 뭔가 다가오는 소리가 다르다는 것을 느꼈다. 숲속이 아니었다.

부산에서 배를 타고 건넌 대마도. 나는 섬에 있었다. 섬! 섬은 바다의 일부일까? 아니면 육지의 일부일까? 그도 아니면 말 그대로 '섬'일까?

지나간 일은 모두 어제 같다. 부산에서 꽃게잡이 배를 타고 동지나해로 나가던 날도 어제의 일처럼 다가온다. 속내를 알 수 없는 바다의 물결을 가르며 나아가던 배. 어둠을 가르고 바람을 가르고 몸속으로 스며드는 두려움을 가르며 배는 나아갔다. 연습 한 번 없이, 키를 어떻게 조작하는 것인지 알지도 못한 채, 멈추게 하려면 어찌 해야 되는지도 모르는 상태에서 밤바다를 가르는 배의 키를 잡고 있던 날의 불안함을 바다는 알고 있었을까? (밤엔 선원들이 선장 대신, 순번을 정해 교대로

키를 잡았다.) 배는 또 무엇이었을까? 바다였을까? 육지였을
까? 그저 '배'였을까?

눈을 뜨고 통나무로 만든 숙소의 내부를 살펴보는 중에도
대마도의 바다소리는 온몸을 휘감으며 스며들었다. 물이 솜을
적시듯 바다소리는 나의 몸을 바다로 채우고 있었다. 파도소
리, 바람소리, 물 속 깊이 가라앉은 어둠의 끝 모를 끝이 나를
적시고 있었다. 나는 파도였다. 바람이었다. 어둠이었다.

몸이 바다로 녹아드는 느낌을 떨치기라도 하듯이 나는 침
대에서 일어섰다.

"아리가또 고자이마쓰."

식사를 마치고 종업원들에게 인사말을 건네며 식당을 나와
주변 바닷가로 발을 옮겼다.

"안녕하세요?"

고등학생쯤으로 보이는 여학생이 운동복을 입고 바닷가 쪽
으로 난 길을 따라 뛰어가며 제법 또렷한 한국어로 내게 인사
를 한다. 엉거주춤 고개를 숙여 인사를 받으면서도 나는 걸음
을 멈추진 않았다. 조선의 마을을 습격하여 얻은 물건들을 싣
고 돌아오는 아버지·오빠를 반겨 맞이하던 아이의 모습도 저
러했을까? 배에 가득 실린 노획물들로 만선의 기쁨에 젖어 노
래를 부르며 항구로 들어오는 해적들의 모습이 일렁인다. 나
누어진 물건들을 가지고 집으로 돌아가는 가족들의 의기양양,

화기애애한 정경들이 눈에 잡힌다.

방파제가 두 팔처럼 뻗은 해안은 한국의 남도 해안가와 별다를 게 없어보였다. 다만 해안가의 절벽이 무너지지 않게 콘크리트 벽을 덧댄 구조물들이 절벽의 오목볼록 곡선을 그대로 노출하고 있어 이채롭다. 콘크리트 벽체가 바람에 일렁이는 물결과도 같다. 그리고 낮게 깔린 구름 저 멀리 버티고 선 수평선. 늘 일정한 거리를 유지하며 다가오지도 달아나지도 않는 요물은 어느 바다에나 펼쳐져 있다.

해적들에게 저 수평선은 무엇이었을까? 내가 느낀 바와 마찬가지로 감옥의 담장이었을까?

그들의 감옥은 식량이었다고 한다. 부족한 먹거리는 목숨을 건 해적질을 멈추지 못하게 만들었을 것이고 따라서 한편으론 늘 불안했을 터이다. 그런 시각에서 본다면 그들에겐 바다가 감옥이 아니고 축복의 잔치마당이나 자신들을 지켜주는 든든한 울타리로 인식됐을지도 모른다.

식량이 감옥이었다는 말은 그들에게 국한된 얘기가 아니다. 사람은 누구나 먹어야 살고 먹기 위해선 죽여야 한다. 짐승과 물고기를 잡고 작물을 심고 가꾸고 채취하는 일을 끝없이 해야만 살아갈 수 있다. 아니면 뺏기라도 해야 한다. (의식주에 해당하는 일이 다 엇비슷하다. 나무나 풀 혹은 열매 그리고 동물로부터 얻은 재료들로 집을 짓고 옷을 만들어 입으며 살아

간다.)

먹으며 살아갈 수밖에 없다는 건 어찌 보면 살벌하고 끔찍한 일이다. 누군가를 먹으며 살아가고 있으니 나 또한 무엇인가의 먹이가 되는 건 자연스런 일이요 피할 수 없다. 인간은 이 세상 다른 동물과 전혀 다를 게 없다. 생김새가 다르듯 삶의 모습에서 차이가 날 뿐이다. 사람은 다른 동물로 인해 죽기보다는 같은 사람에 의해 죽임을 당하는 예가 많다는 것도 그 차이 중 하나다. 이 차이는 사소한 일일 수도 있다. 동물의 먹이가 되거나 사람의 먹이가 되거나, 먹이가 된다는 점에선 차이가 없다.

이러한 현실로부터 나 또한 벗어날 수 없다. 나는 어떤 사람이나 집단에 의해 어느 순간 불현듯 죽임을 당할 수 있다. (사람의 먹이가 되는 일이다.) 나를 필요로 하는 동식물의 일부가 될 수도 있다. 그리고 무엇이 될까? 대마도에서 깨어난 아침. 나는 어렴풋이나마 형체를 갖춘 보이지 않는 나를 볼 수 있었다. 나는 섬이고 바다였다. 파도요 바람이었다. 나는 죽어도 섬이고 바다일 것이다. 파도요 바람일 것이다. 그리고 또 무엇이 될까?

어찌 됐든 사람은 죽고 그건 왠지 슬프다. 죽음 앞에서 초연하거나 즐겁게 노래하는 사람도 있다고는 하나 난 아직 그 경지에 닿지 못했다. 죽음 앞에서 나는 슬프고 그 슬픔이 시를 쓰게 한다.

죽음은 내게 있어 구체적인 현실이다. 꼭 그런 이유 때문만은 아니지만 시도 구체적으로 쓰고자 한다. 구체적인 삶이나 풍경 혹은 느낌들을 구체적인 언어로 표현하고자 한다. 그렇게 씌어진 한편의 시가 자체로 은유가 되고 상징이 되는 그런 작법을 지향한다. 단순하고 구체적이되 그 모습을 뛰어넘는 시를 나는 좋아한다.

이 세상엔 관념적인 언어를 좋아하거나 자신의 목적을 이루기 위한 방편으로 즐겨 쓰는 사람이 있다. 문학 활동은 구체적인 언어로 행해져야 한다. 관념적인 언어를 즐겨 쓰는가 아니면 구체적인 언어를 즐겨 쓰는가 하는 문제는 표현양식이나 기교의 문제가 아니다. 나를 포함한 세상을 어떻게 바라보고 대해야 하는가를 생각하는 철학의 문제다.

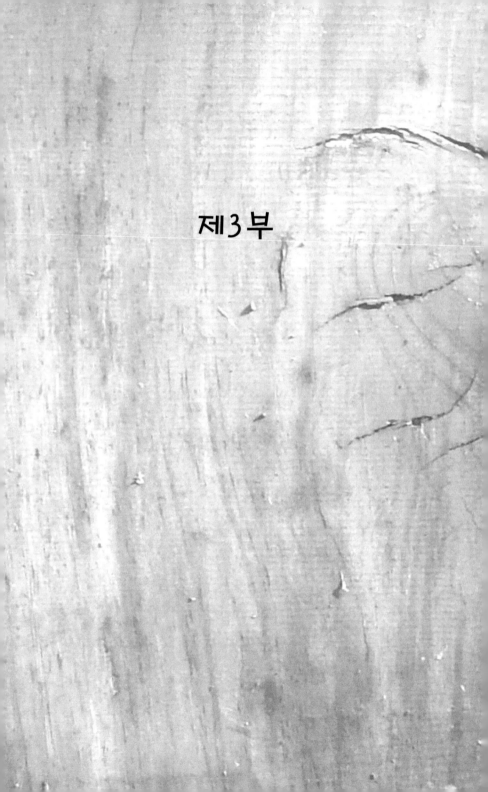

제3부

5월의 나뭇잎, 현준이에게

너에게도 이 봄비 소리가 들리는지. 푸르른 것들이 아우성
치며 자라나는 소리가 들리는지. 풀잎이나 나뭇잎에 매달린
물방울들이 보이는지. 물방울을 떨어뜨리며 굽혔던 허리를 펴
는 풀잎의 모습이 보이는지.

비가 오면 비를 맞는 잎들을 바라보며 빗소리를 듣는 네 모
습을 볼 수 있으면 좋겠다. 빗방울을 땅 위로 내려놓으며 또
다른 빗방울을 맞아들이는 잎의 끊임없는 노동을 바라보며 너
는 무슨 생각을 할까?

잎들의 모습이 우스워 은근한 미소를 지을 수도 있겠지. 빗
방울과 풀잎이 어우러지는 영롱한 빛에 젖어, 풀잎이 되어 빗
방울을 받기도 하고 빗방울이 되어 풀잎에 안길 수도 있겠지.
비가 오면 맞을 수밖에 없는 어린잎들의 눈물을 보고 있을 수
도 있겠지.

비가 그치면, 쑥쑥 솟아나는 빗소리가 그치면, 소리로 다가

오던 식물의 성장을 눈으로 확인할 수 있지 않겠니? 소란스럽겠지. 알을 낳았다고 소리소리 지르는 닭들의 기세에, 아침부터 뒤란조차 소란스러운 집 마당에 서서 둘러보면 명자나무가 붉은 꽃들을 주렁주렁 매달아 만삭의 임신부 배를 만들고, 복사꽃은 그 옆에서 막 피어나 발그레한 처녀의 얼굴로 햇살을 받고 있겠지. 마당가 돌 틈에서 솟아난 금낭화는 가지를 벌리고 잎을 펴 돌을 덮으며 꽃송이들을 알알이 알알이 매달고 매발톱도 발톱을 드러낸 꽃송이를 피워 둥그스름한 모습으로 세상에 얼굴을 드러내겠지. 어디서 날아오는 향기인지. 아찔, 달아나는 정신을 추스르며 고개 돌려 향기가 날아오는 쪽을 바라보면 조팝나무가 무더기를 이룬 곳에서 하이얀 꽃송이들이 커다란 원형 무리를 이루어 무어라 말하는 소리가 들리기도 하겠지.

꽃의 소리를 들어본 적이 있는지. 현준아, 꿀을 머금은 향기는 공기 속을 흐르며 이 무한한 공간을 이리저리 마음대로 길을 내며 뻗어나간다. 누가 막겠니? 숨을 들이쉴 때마다 몸속 깊은 곳까지 따라 들어와 길을 내며 내 몸을 휘도는 향기의 발길을 누가 막을 수 있겠니? 햇살을 튕겨내며 환하게 웃음 짓는 조팝나무의 작은 꽃잎들이 바람 따라 흔들릴 때, 감히 다가가지도 못하고 멀리서 바라보기만 하는 사람을 본 적이 있는지.

5월엔 만물이 깨어나고 피어나며 한 시절의 죽음까지 표표히 낙화가 되어 태어난다. 살구꽃잎으로 덮인 마당을 바라보면 죽음 또한 얼마나 소란스러운 것인지. 그러니 줄에 묶여 한 세상을 보내는 개는 밤마다 달을 보며 울부짖기라도 해야 살아갈 수 있지 않겠니. 개의 울부짖음을 들으며 잠 못 이루다 방 밖의 세상으로 나가면 그 붉은 울음 외에도 여기저기 들썩들썩 수런거리는 이야기 소리가 가득하다. 낮보다 소란스러운 밤을 맞아 덩달아 들뜨는 시절이다. 꽃들도 나뭇잎들도 풀들도 제각기 자기만의 소리로, 물소리 바람소리와 더불어 어지러이 이야기를 풀어내고 있는 밤의 가득한 열기를 느껴본 적이 있는지. 그날, 개의 울부짖음은 더욱 처량하여 슬프디 슬픈 아름다움으로 다가오기도 하는 것을 한번쯤 경험한 적이 있는지.

삶도 죽음도 함께 어우러져 피어났다 지고 있다. 형형색색의 생물들과 그들의 한껏 달아오른 이야기 속에서 삶과 죽음은 한 무더기로 뭉쳐져 꿈틀댄다. 현준아, 오월엔 네가 걷고 싶은 길을 걸어라. 가슴이 이끄는 대로 나아가 봐라. 누구나 꿈꾸지만 그렇게 살지 못한 삶이 있다. 그 꿈을 향하여 5월의 문은 열려 있다.

추적추적 빗방울 소리가 잦아들고 있다. 솟아오르던 기운도 잦아들고 있다. 도약의 시기가 왔다. 물기를 머금은 5월의 나

뭇잎들이 싱그러운 얼굴로 다가온다. 그러지 않아도 연푸른빛
들의 일렁거림은 지상의 무엇보다도 힘이 넘쳐흘렀다. 푸른
잎, 너는 꽃보다 예쁜 꽃이다. 햇살을 받으면 푸른빛으로 타오
르니, 그 어떤 꽃이 감히 자신만이 꽃이라 말할 수 있을까.

현준아, 너 또한 5월의 나뭇잎임을 모르고 있지는 않았는지.
세상 가득 푸른빛을 뿜어내며 마음껏 퍼져나가도 좋다는 걸
모르고 살지는 않았는지.

까르르르르르르르 까르르 르르르 까르르르 까르르
까까까까 라라라라 까라라 라라라라 까라라라까라라

5월, 푸르른 아이들이 손짓하며 웃는 소리가 들린다. 나뭇잎 아이들이 바람 따라 날개를 퍼덕인다. 현준아, 저기 너의 웃음도 보인다. 날개를 올렸다 내리는 너의 새가 보인다. 나뭇가지 여기저기, 나뭇잎 그늘로도 족히 몸을 가릴 수 있는 작은 새들(네 벗을 삼으면 좋으련만)도 보인다. 가지에서 가지로 날아다니는 새들은 영락없이 나뭇잎이다. 나무그늘 아래서 나뭇잎의 움직임을 따라 그늘인 양 움직이는 멧새들도 보인다. 그들도 하나같이 나뭇잎이다. 나무에서 태어난 새는 나뭇잎임을 너도 인정할 수 있겠는지.

현준아, 5월엔 맘껏 날아도 또 날아갈 하늘이 앞에 있다. 날고 싶은 대로 날아도 탓할 이 없는 세상이 있다. 날아라. 태어난 대로 힘이 닿는 대로 날아라. 이 세상 끝에 펼쳐진, 저 세상의 시작을 만져나 보자. 바라보고만 있어도 가슴이 풍성하게 차오르는 나날이다. 푸른 날개를 퍼덕여 닿은 땅, 그곳이 죽음이라 한들 가지 않고 어쩔 것이냐. 현준아, 날개를 옭아매는 것들은 많고도 많다. 나무 사이 혹은 하늘에서 너를 노리는 짐승도 많다. 그래도 날아라. 그들의 먹이가 된다 해도 거침없이 날아라. 너는 5월의 나뭇잎이 아니냐. 푸르른 새가 아니냐.

2012년 5월을 맞이하며, 아빠가.

풀벌레 우는 밤은 흔들리지 않고 흐른다

쯔읏 쯔읏 쯔읏 쯔읏 쯔읏

쓰ㅇㅇ 쓰ㅇㅇ 쓰ㅇㅇ 쓰ㅇㅇ

자자자자자자자자자

루루루루루루루루루루루루루

풀벌레 소리 가득한 밤,

산 아랫마을에서 웡웡 워워워웡 웡웡

들려오는 개 짖는 소리도 구름 사이로 내비치는 반달의 엷은
빛만큼 희미하다

바람은 어둠 속에서도 산 위에서 아래로 부는데

찌이익 찌이익 찌이익 찌이익 찌이익 찌이익

바람도 흔들지 않으며 세상을 울리는 소리

잠들지 못하던 아내와 아들의 인기척도 더 이상 들려오지 않는
시간인데

어둠도 흔들지 않으며 흐르는 소리들로 밤이 요란하기도 하다

사람을 깨우지 않고, 마당에 엎드려 자는 개도 깨우지 않고, 요란하
기도 하다
쌔액 쌔액 쌔액 쌔액 쌔액
날카롭게 파고드는 소리도 있다
그러나 역시 잠자는 것들을 깨우지 않고, 집 뒤 도랑의 물소리도
흔들지 않고
　　　　— 졸시, 「흔들지 않고 흐른다」 전문

별들의 속삭임 같기도 하다. 은하의 물결이 굽이치며 흐르
는 소리인 듯도 하다. 조용하지만 요란한 소리다. 요란하지만
가슴에 품으며 잠에 들 수 있어 요란하다고 하기도 어려운 소
리다.

풀벌레 울음소리가 잔잔히 집 주위에 깔리며 하늘로 피어
오르는 밤이다. 바람도 없어 잎이 흔들리는 소리도 들리지 않
는다. 깊어지는 시간을 따라 낮 동안의 땡볕에 달궈진 잎들 위
로 이슬이 내린다. 축축이 젖은 잎들은 별빛을 받아 빛난다.
무어라 내게 얘기하는 소리가 들린다. 내가 풀잎이나 나뭇잎
에게 얘기를 하고 싶을 때가 있듯이 풀잎들이 내게 얘기를 건
네고 싶은 때인 모양이다. 홀로 감당해야 할 세상임을 모르진
않지만, 어쩔 땐 바람에 흔들리는 풀잎 한 줄기도 위안이 될
때가 있다. 모든 존재가 흔들릴 수밖에 없음을 확인하곤 안도

하는 것이지만 부끄럽다고 느껴지진 않는 그런 시간이다.

　풀잎에 물방울이 구르는 소리를 들을 수 있다면 풀벌레 울음소리와 매우 닮았으리라고 나는 생각한다. 모든 풀벌레 울음소리가 그렇다는 건 아니다. 풀벌레 울음소리 중에도 맑은 소리들이 있다. '또르르르르르르'와 같은 소리가 그런 소리다. 푸르면서도 맑은 소리다. 세상이 이렇듯 푸르고 맑은 소리들로 가득하다면 참 좋겠다는 생각도 든다. 좀 유치한가? 그런 세상은 있을 수 없다고 단정한다 해도 상상까지 하지 못할 이유는 없다. 상상을 하다보면 그런 세상이 존재하게 될지도 모른다. 인간의 머리로 상상할 수 있는 일들은 실제의 세계에서도 다 벌어지게 되어있다. 상상의 무서움이다.

　쓰르르르르르르르 쓰르르르르르르르르르, 슬금슬금 내게 다가오는 풀벌레의 울음소리에 실려, 살아오면서 겪은 수많은 일들이 잠시 전의 일처럼 다가온다. 다가오는 지난날의 모습들은 대개 얻어맞아 피투성이가 된 몰골이다. 눌리고 갇혀서 가느다란 신음소리를 내며 다가온다. 어린 시절, 골목길에서 다투던 아이의 얼굴은 이젠 흐릿한 윤곽선으로만 다가왔다가도 이내 가물가물 사라지지만 잊히진 않는다. 학교 내에서는 선생에게, 학교 밖에서는 폭력단체를 만들어 몰려다니던 아이들에게 억눌리던 중고등학교 시절의 기억들도 쉽게 뇌리를 벗어나지 않는다. 그리고 1980년, 길가를 누비던 공수부대의 얼룩무늬 군복과 M16소총의 검고 단단한 모습 아래서 군홧발에 밟히던 날도 잊히지 않는다. 가고 싶지 않았으나 가야만 했던 군대, 그 안에서 바라보던 철망 밖의 보리밭 위를 기어가던 바람의 물결. 바람에 일렁이는 보리가 차라리 부러웠던 날들이었다. 제대를 하던 날, 군부대 검문소를 벗어날 때, 미루나무 위에서 울어대던 까치의 요란한 울음소리는 무엇이었을까? 문득 떨어지던 눈물의 뜨거움은 지금도 식지 않았다. 대학 캠퍼스에 깔린 어둠의 빛은 깊었다. 술을 마셨다. 그것이 낭만인지도 모르고 지나간 날들의 쓸쓸함은 또 어디로 갔을까? 끝모르게 이어지던 방랑 속에서 가도 가도 감옥이었던 바다에서의 시간도 있었다. 가도 가도 어둠이었던 탄광의 지하막장 생활도 있었다. 콜록콜록, 진폐증에 걸린 채 탄을 캐던 늙은 광부의 발길은 지금도 이어지고 있을까? 그렇고 그런 날들 속에서, 가느다란 전화선 저쪽 어딘가에서 신인문학상 당선 소식을 알려주던 목소리. 그때 눈앞에 순간적으로 피어나던 불빛을 나는 지금껏 간직하고 있다.

한편으론 나도 사회에 반항하며, 아무 관련이 없을 것 같은 사람에게 이유 없는 폭력을 행사한 경우도 있었다. 술에 취해, 분풀이하듯, 배운 걸 써먹듯, 그저 내 앞에 있다는 이유만으로 주먹을 휘두르고 폭언을 행사하기도 했다. 그들은 나로 인해 얼마나 깊은 상처를 안고 살아가고 있을 것인가?

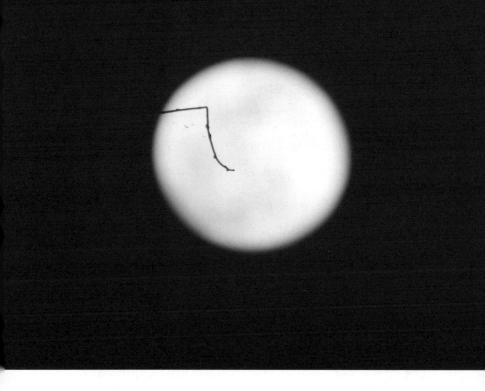

아내와 아들에게 나는 무엇인가? 이곳저곳 아픈 몸과 썩어서 빠진 이들을 생각하니 살아갈 날도 어느덧 손에 잡힌다. 목숨이 끊기기 전에 무엇인가 해야 할 일들이 있을 것도 같건만, 세월은 속절없이 흐른다. 무엇인가 돼야만 한다는, 이제는 별 의미도 없는 욕망의 끈을 놓지 못하는 건 또 무슨 이유일까? 무수한 물음들이 다가왔다가 풀벌레 울음소리에 섞여 잦아지는 밤이다.

'언제라도 생을 마감할 수 있을 자세로 하루 또 하루를 살아야겠지.' 다짐하는 시간에 밤벌레들의 나지막한 소리들이 귓전을 맴돌다 가슴속으로 파고든다. '흔들림 없이 조용히, 다른 누군가를 의식할 필요도 없이, 굳세게 외롭게 홀로 걸어가세요.' 화단 앞에 서서, 잔잔히 퍼져 오르는 풀벌레 소리를 들으며 하늘을 보니, 가깝고도 먼 거리에서 환한 얼굴로 제자리를 지키고 있는 달까지, 키 작은 소리들이 번져가고 있다.

손님

오늘처럼 차가 집 앞 나무 밑에 멈추고 사람이 내려서는 소
리가 들리면 어김없이 쪼르르르 달려 나기는 일은 복실이의
몫이다.

복실이도 줄에 묶인 적이 있었다. 함께 사는 남자와 여자 그
리고 그들의 새끼 중에서 남자가 한 짓이었다. 남자는 복실이
를 풀어놓는다고 마을 사람에게서 좋지 않은 말을 들었다.

"아니, 누군 개를 풀어놓고 싶지 않아서 묶어놓는 줄 아나?"

윗집 사람의 말에 남자는 달리 할 말이 없었다. 품에 안으면
쏙 안기는 작은 몸이라 해도 개는 사람이 아니었다.

남자는 마당 구석 나무에 복실이를 잡아맸다. 윗집 · 옆집 ·
아랫집을 합해 열 집이 살아가는 산골마을에서 일 년 동안 마
음대로 돌아다니다 묶이자 복실이는 몸과 마음이 함께 달아올
랐다. 폭폭폭폭, 가마솥에서 몸은 익어가고 마음은 국물이 되
어 끓어 넘쳤다. "캉캉 캉캉." 해가 떨어지고 밤이 깊어가고 이

슬이 내리고 달이 지고 해가 뜨고 다시 해가 지고 밤이 깊어 지기까지 짖고 또 짖었다.

남자는 문을 박차고 나와 헛간 앞에서 몽둥이를 찾아들고 복실이 앞으로 갔다. 복실인 재빨리 나무 뒤로 숨었으나 몽둥이를 피하진 못했다. 아이고 이놈아 사람 새꺄, 이 작은 몸에서 때릴 데가 보이더냐! 몽둥이가 머리에 닿자마자 복실이는 '악악 꺅꺅 떼구르르 나딩굴며 외쳤다.

복실이에겐 다행이랄까. 남자는 무정하기만 한 놈은 아니었다.

"너도 어찌 자유롭게 살고 싶지 않겠냐. 그래도 여긴 사람 마을이잖니. 이젠 가만히 있어라 응! 나도 잠 좀 자야 되지 않겠냐?"

남자는 복실이의 머리를 쓰다듬어주고 방으로 들어갔다. 문이 닫히는 소리와 함께 어느 때보다 깊은, 밤의 고요가 복실이 앞으로 성큼 다가왔다. 천근만근 어둠의 무게도 몸 위에 내려 앉았다. 우주 공간에 홀로 내쳐진 몸이었다. 한없는 막막함이 밀려왔다. 복실이는 없는 기운을 쥐어짜 부르르 부르르 떨며 다시 짖어대기 시작했다.

새벽의 기운이 꿈틀, 동산 머리에 깃들 무렵, 방문이 열리고 남자가 모습을 드러냈다. 남자는 한참이나 복실이를 바라보며 가만히 서 있다가 천천히 다가갔다. 나무에 묶었던 줄을 푼 남

자의 손이 목에 닿았을 즈음, 복실이는 죽음의 칼끝을 느꼈다. 아무런 저항도 할 수가 없었다. 그나마 남아있던 힘마저 쑥 빠져나갔다. 목걸이가 풀렸건만 한동안 자리에서 움직일 수조차 없었다.

"복실아, 너 아직 살아있었구나! 그래그래 잘 있었어?"

복실이는 생각이 나지 않았지만 손님은 잘 알고 있는 눈치였다. 복실이는 힘차게 꼬리를 흔들며 머리를 쓰다듬는 사람의 손길을 받아들였다. '오늘은 고기를 실컷 먹겠구나.' 야들야들한 살코기의 맛이 혀에 감겼다. 입 밖으로 침이 질질 흘러내렸다. 뼈를 씹어 먹는 일은 이제 남의 일이다. 살점이라도 넉넉하게 붙여주면 그나마 다행이지만 이빨이 다 빠진 뒤론 그런 인간 만나는 일도 쉽지가 않았다. 바라면 오지 않고 체념하면 아예 사라지니, 기다림의 미학을 터득해야 함을 깨닫게 된 지도 얼마 되지 않았다. 먼먼 옛날엔 인간과 함께 사냥한 대가로, 늙어서도 고기를 떳떳하게 배분받았다는 얘기를 옆집 수캐에게 들었다. 복실이는 침을 흘리면서도 당당했던 그 시절이 그립다.

고기가 구워지고 술잔이 돌 때, 복실이는 손님의 시선이 닿는 곳에 웅크린 채 엎드려 멀뚱히 그를 바라본다. 다가가서 꼬리를 살살 흔들며 시선을 잡아끌어 고기 몇 점 얻어내는 애도 보았다. 어찌 보면 노력한 만큼 얻어내는 것이니 탓할 이유는 없었으나 왠지 비굴하게 보였다. 판이 끝난 뒤 탁자 위에 남겨진 고기 몇 점 먹는 것으로 그친다 해도 가만히 기다리는 게 낫다고 복실이는 생각했다.

"어, 복실이도 먹어야지."

눈이 마주친 손님은 대개 살점 한두 점은 던져준다. 냉큼 주워 먹고 또 멀뚱히 바라본다. 그러면 자기 앞에 놓여진 고기를 그릇째 비워주는 손님도 있다. 사람이 그렇게 예쁠 수도 있다는 걸 복실이는 알고 있다. 그런 날은 옆집으로 달려가 수캐에게 '왈왈' 지껄인다. 기다리다 보면 당당히 자기 몫을 챙길 수 있다고 내가 얘기했지? 이 둥근 배 좀 봐라. 기름진 냄새는 또 얼마나 풍요롭냐!

매번 그런 것처럼 한 발 늦게 나온 남자와 여자 그리고 그들의 새끼가 손님을 앞세우고 집으로 들어간다. 15년간 하루도 빠짐없이 집을 지키고 살아온 건 복실이었다. 세 사람은 누군가의 손님이 되어 집을 비우기가 예사였다. 그리고 그때마다 복실이의 손님이 되어 돌아오곤 했다.

근데 이번 손님은 왜 차에다 고기를 놔두고 들어가지? 복실이는 자동차에서 새나오는 싱싱한 고기 냄새를 맡으며, 줄지어 집으로 들어가는 인간들 뒤에 서서 '헛헛' 헛기침을 내뱉어 본다. 가만, 이거 혹시 차나 한산하고 떠날 사람 아냐? 몸속 기운이 한꺼번에 빠져나가는 것을 느끼며 복실이는 그만 주저앉았다. 갈 때가 가까워져서 그런지 제대로 된 손님이 오는 날도 부쩍 줄었다. 이젠 기다림조차 놓아버려야겠구나.

재잘재잘

"어디 가?"

"담배 사러."

"한 보루 사다 놓고 피지, 무슨 담배를 매일 매일 사러 다녀?"

호수는 씩 웃는 것으로 대답을 대신하며 옆집에 사는 아재의 곁을 지나쳤다. 반시간 가까이 걸어 골짜기를 빠져나오니 언제나처럼 강이 품을 열어 호수를 맞는다. 흐으흐으응, 무슨 노래인지 자신도 모를 가락을 콧노래로 흥얼거리며 호수는 타박타박 강변을 따라 물길을 거슬러 올라가며 다리를 향해 걷는다. 발 옆으로 흘러가는 강물이 재잘재잘 박자를 맞춘다.

초등학교 졸업하고 도시로 나갈 때도 강물은 호수를 따라 흐르며 재잘거렸다. 기술을 익혀 독립하게 해주겠다던 이발사 아저씨의 말을 믿고 손님의 머리를 감기며 손이 마를 날 없던 날들도 강물처럼 재잘재잘 흘렀다. 이발소를 나와 싱크대를 만드는 공장에서 판을 자르고 붙이고 나르던 날들도 재잘재잘 흘러갔다. 공장이 부도가 나자 갈 곳이 막막했다. 어차피 밑바닥 인생, 마음이라도 편하게 살자. 집으로 돌아오던 날의 쓸쓸한 발길을 따라 강물은 또 재잘재잘 흘렀다. '재잘재잘 재잘재잘' 잘도 재잘댔다. 돌멩이를 집어 던져도 재잘재잘 멈추지 않았다.

다리에 다다르자 호수는 난간 위에 걸터앉았다. 다리 끝부분엔 낚시꾼이 낚싯대를 드리운 채 강 건너편을 바라보고 있었다. 강안개가 피어오르며 석양에 물든 하늘을 손짓한다. 손바닥만 한 꺽지가 쑥쑥 올라온다는 소문이 돌아 낚시꾼이 부쩍 늘었다는 사실은 호수도 알고 있었으나 그들을 보면 왠지 마음이 불편했다. 자기만의 공간을 빼앗긴 기분이랄까?

바지 주머니에서 담뱃갑을 꺼내 마지막 담배에 불을 붙였다. 가슴 깊숙이 빨아들인 연기를 강물 위로 후욱 뱉었다. 뿌옇게 퍼져나간 연기는 사라져도 강물은 여전히 재잘재잘 흘러간다. 15년 전 어느 날엔 바로 옆자리에 강물 같은 한 여자가 앉았었다. 말없이 앉아 있었다.

다리 건너 백사장에 붐비던 피서객들이 보이지 않는다. 며칠 사이에 비가 오고 선선한 바람이 불었다. 가을은 더위 끝에서 불현듯 모습을 드러냈다.

그 여잔 아니었어. 미숙이가 그렇게 뚫어지게 나를 볼 리가

없지. 그녀가 미숙이었다면 얼른 고개를 돌렸겠지. 내가 보니까 마주 본 것뿐이야. 이상한 놈이라고 생각했겠지. 그저 조금 비슷한 사람이었어. 그래 미숙일 리가 없지. 미숙인 볼에도 몸에도 그렇게 살이 붙은 여자가 아니었잖아. 이마에 주름살도 없었고. 아들도 없었고. 나 말고 사귀는 남자도 없었지. 그러니 저 백사장에 있던 여자가 어찌 미숙일 수가 있단 말인가? 나도 참, 덤벙대기는. 며칠간 집 안에 박혀 나오지도 않은 건 또 뭔 짓이었는지.

조금 모아둔 돈마저 어머니 치료비로 쓰고 난 뒤에 찾아올

건 또 뭐란 말인가? 호수는 백사장에서 시선을 거두어 다리 아래로 흐르는 강물을 바라보았다. 강원도에서도 깊숙이 숨겨진 산속까지 찾아온 사람을 호수는 집으로 데려가지 못했다. 다리 난간에 나란히 앉아 서울로 가는 버스가 올 때를 기다렸다. 그 사이에도 강물은 재잘재잘 잘도 흘렀다. 집이라도 좀 수리를 해놓는 건데. 늙은 어머니 홀로 있는 쓰러져 가는 집으로 그녀를 데려갈 엄두가 나지 않았다. 가게에서 사이다하고 단팥빵이라도 사주는 건데.

"타임 한 갑!"

다리 건너 도로 가에 서 있는 외딴 가겟집 문을 들어서며 나지막하게 말하는 호수의 얼굴을 바라보지도 않고 주인여자는 계산대 의자에 앉은 채 담배 한 갑을 내준다. 가게 앞 버스 정류장도 며칠 전과는 다르게 기다리는 사람 하나 없이 텅 비었다. 정류장 팻말 앞에 서니, 머뭇거리는 미숙이의 등을 떠밀어 버스에 태워 보내던 날이 어제인 듯 선명하게 떠오른다.

다시 다리에 다다랐다. 낚시꾼이 그새 한 명 더 늘었다. 그런데 참 고약한 놈이다. 하필 호수가 잠시 전에 앉았던 자리에 앉았다.

"이 자린 귀신들이 앉는 자린데. 여기서 물에 뛰어든 사람이 여섯이던가 일곱이던가⋯⋯."

호수는 늙은 티가 나는 사내 뒤에 서서 강물을 바라보며 말을 툭 던졌다. 강물은 재잘재잘 여전히 즐겁다.

사내는 낚싯대가 가리키는 강물의 한 지점에서 시선을 돌려 호수를 가만히 바라본다.

"듣고 보니 좀 요상하긴 하네요. 어제도 여기에 앉았는데 한 여자가 와서 자리 좀 비켜줄 수 없냐고 묻더라고요."

호수의 눈빛이 햇살에 반짝이는 강물이 되어 순간적으로 살짝 출렁이다 고요해졌다. 호수는 얼른 사내의 눈을 피해 가게가 있는 쪽을 바라보았다. 버스 한 대가 달려와 서고 누군가 내리는 모습이 보였다. 옛날의 어느 때처럼 가슴이 은근히 뜨거워지고 있음을 호수는 느꼈다. 재잘재잘 재잘재잘, 언젠가 흘려보냈던 강물이 그때처럼 싱싱하게 파닥이며 가슴으로 파고들었다.

겨울 어귀에서 바라보는 두 가지 길 그리고

겨울의 기운을 품은 바람이 산 너머에서 불어온다. 노랗게 물든 나뭇잎이 하늘하늘 떨어진다. 방금 전까지 나뭇가지였던 삶의 터전이 땅으로 바뀌었다. 순간순간 삶은 이곳에서 저곳으로 혹은 이 모습에서 저 모습으로 변화한다. 흔들리는 나무를 가만히 바라보아도 나뉘고 또 나뉘면서 하늘을 향해 자라났다. 세상의 변화를 증명이라도 하는 듯하다.

겨울 앞에서 사람은 어찌해야 하는 것일까? 잎을 떨구는 나무처럼 가진 것 다 떨구고 벌거숭이가 돼야 할까? 벌거숭이가 된다면 추위를 어찌해야 하나? 죽음은 대처의 방식이라고 할 수 없으니 어찌할까? 겨울잠이라도 자면 좋겠지만 사람은 곰도 아니다. 어찌 됐건 자신만의 방법을 찾아야 한다.

지나온 날들을 되돌아보면 이 세상은 따뜻하기보다는 차갑고 봄이기보다는 겨울이다. 어느 누군가의 죽음도 더 이상 나의 슬픔으로 다가오지 않는다. 계절로서의 겨울이건 인생의

겨울이건, 이겨낼 방법을 찾아야 한다.

군대 훈련소에서 있었던 일이다. 입소해서 전투복과 전투화를 지급받았다. 문제는 내 몸에 비해 둘 다 크다는 거였다. 전투복이 큰 것이야 허리를 졸라매고 바지의 밑단은 전투화 속으로 집어넣고 소매는 접어서 걷으면 그만이었다. 문제는 전투화였다. 양말을 겹으로 신고 발가락 앞부분의 여유 공간엔 종이를 구겨 넣어 메운 뒤 끈을 바짝 조여 매는 방법으로 신고 다녔다. 어디선가 자신의 발에 맞는 전투화로 바꿔와 신는 사람들도 있었으나 나는 그렇게 눈치코치가 발달하지 못했다.

그러니 어쩔까? 발뒤꿈치가 까져서 피가 흐르는 나날 속에서 커다란 전투화를 질질 끌고 다니며 구보도 하고 행진도 할 수밖에 없었다.

내가 이곳 산촌에 들어오면서 생각한 것이 그런 방식이었다. 주어진 조건에 나를 맞추어 사는 길을 바라보았다. 자급자족적인 생활을 추구하다보면 사람들과 굳이 싸우지 않고 내가 하고 싶은 일을 하며 살 수도 있겠다 싶었다. '자급자족'이 아니라 '자급자족적'이라고 한 이유는 자급자족이 말 그대로 성취될 수는 없을 것임을 미리 생각한 때문이었다. 산골이어서 쌀농사가 어려운 환경도 있었지만 옷이나 생활도구 운송수단 등, 사람들과 완전하게 단절한 채 산다면 모를까 사회의 일원으로서의 삶을 포기하지 않은 채 자급자족을 이루며 산다는 건 애초부터 불가능한 일이었다. 하여 '자급자족적'이라고 '적' 자를 자급자족 뒤에 붙였다. 농사를 지어 기본적인 생활을 해결하리란 구상이었다.

욕망을 따르고자 하는 삶은 일반적인 사람들의 삶이다. 욕망을 채우기 위해 공부하고 사람을 사귀며 조직을 만들거나 가입하기도 하면서 손자병법에 준하는 처신서를 암기하기도 하고 누군가를 욕하며 밀어내기도 한다. 자신의 앞길을 가로막은 무엇이 있다면 과감히 베어넘기기도 한다. 그럼에도 욕망은 높고도 넓어서 쉽게 채워지지 않는다. 사람들로부터 성공했다는 말을 듣는 사람들 중에도 스스로 성공했다고 여기는 사람은 흔치 않다. 대부분의 사람들은 무한으로 치닫는 욕망의 게임 속에서 헤매며 채워지지 않는 욕망의 늪 속에서 허우적댄다.

나는 그럴 자신이 없었다. 한평생을 그렇게 살다가 죽고 싶지도 않았다. 다른 길을 찾아야 했다. 돈이 있으면 있는 대로 쓰고 없으면 없는 대로 쓰는 생활은 가능하지 않을까? 하는 의문을 따라 발을 옮겼다. 도시에선 보이지 않는 길이 산촌에 있었다. 가족이 먹을 걸 손수 기르니 목숨이 끊어질 일은 없었다. 오래된 집이야 매년 손을 보면서 살았고 옷이야 낡고 허름해도 상관이 없었다. 가진 것 없어도 의식주가 그런대로 해결되었다. 고무신을 신고 허름한 차림새로 관청에 가거나 물건을 사러 가게에 가면 아랫것 대하듯 하는 사람들이 못마땅하긴 했지만 '닭 머리 닮은 놈들이 다 그렇지' 생각하고 흘려보내며 살았다.

먹고 남는 것을 팔아 필요한 것을 사고 찾아오는 사람들이 숙박료라며 내놓고 가는 돈으로 술도 마시고 아이에게 아이스크림도 사주었다. 살다보니 원고료도 들어오고 책 인세도 들어오고, 그럭저럭 지낼 수 있었다.

그러다 몇 년 전부터다. 하나 있는 자식에게 대학공부를 시킬 욕심이 생기고 보니 은행통장에 돈이 떨어질 때마다 막막함이 다가왔다. 뭔가 꿈틀거림이 생겼다. 그 틈으로 겨울은 어김없이 또 찾아왔다. 추구하던 삶의 모습을 근본적으로 바꾸지 않는 한도 내에서 내 마음의 곳간을 채울 방법은 없을까? 욕망의 길을 조심스럽게 더듬어본다.

사과를 하지도 받지도 않는 사람들

영월읍내, 신호등이 없는 사거리였다. 앞에 가던 승용차가 섰다. 나도 차를 세웠다. 앞에 섰던 차가 슬슬 후진을 했다. 뭐, 조금 물러서다 서겠지. 그런데 웬걸, 내 차를 '퉁' 박는다.

여인은 자신의 차 뒤를 살펴본 뒤 돌아서더니 나를 보고 대뜸 "아니, 빵빵 좀 눌러주시지." 기분 나쁜 얼굴표정을 곁들이며 질책했다.

피해를 당한 입장인 나를 탓하다니. 할 말이 없었다. 집으로 돌아오는 강변길 따라 힘차게 흐르는 물줄기가 그날은 죽은 듯 널브러져 있었다. 달리는 기분이 나질 않았다.

그리고 며칠 후, 서울 강남의 형님 집에 가게 되었다. 돌아오는 길, 배웅하던 형님이 늘그막에 운전면허증을 땄다는 얘기를 꺼냈다. "그래요? 그럼 제 차로 저기 아파트 입구까지만 가보시죠." 짜잔, 시동이 걸린 차가 앞으로 나가는가 싶자, 어이쿠쿠 저거 저거, 차가 막나갔다. 앞에 사람이 오는데도 멈추

질 않았다. 이윽고 인도를 넘어 아파트 단지 벽을 들이박고서야 차는 멈췄다. 천만다행이란 말이 뇌리를 스쳐갔다. 뛰어가 차안을 살폈다. 형님은 멀쩡했다. 차 범퍼가 부서지긴 했으나 벽도 멀쩡했다. 나는 차를 피한 사람들에게 달려갔다.

"아이고, 이거 죄송합니다."

한 남자가 고함을 지르며 나섰다.

"뭐야 이거 당신들 운전연습하다 그런 거 아냐? 이 사람들이 사람 죽이려고 작정을 한 거야 뭐야!"

정신이 반쯤은 나가 있는 형님을 추궁하는 남자의 고함이 이어지자 옆에 섰던 나이 지긋한 노인도 함께 가세했다. 남자의 아내인 듯한 사람도 함께 꺼들었다. 세 사람이 '와다다다' 쏟아내는 소리를 들으며 나는 연달아 허리를 숙였다.

"예예, 선생님 우리가 잘못했습니다. 죄송합니다."

그럴수록 세 사람의 언성은 높아만 갔다. 지치지도 않았다. 인터넷에 올리겠다며 전화기를 꺼내 사고가 일어난 차를 찍어대기도 했다.

힘이 쭉 빠졌다. 찻길로 걸어오고 있던 그들의 잘못을 지적하고 싶은 마음조차 사그라졌다. 가만히 서있었다. '곧바로 형님을 데리고 병원으로 달아나는 건데.' 후회가 아득히 밀려들었다. 둘러선 사람들이 외계 생물인 듯 낯설었다.

애국자들이 너무나 많다

'종북'이라는 말과 관련되어 국민의례에 대한 얘기들이 오가고 있다. 대도시에서 살다가 영월이라는 지역에 내려와 살면서 이상했던 일 중 하나가 국민의례에 관한 것이었다. 국가나 지방자치단체의 행정을 감시하는 역할을 하는 시민단체의 행사에서조차 국기에 대한 경례와 애국가 제창을 하는 것을 보고 난감하던 기억이 떠오른다. 국가행사가 아닌, 일반 주민들의 자잘한 행사에까지 국민의례가 행해지는 모습을 어떻게 받아들여야 할지, 쉽게 적응이 되지 않았다.

국가나 집단보다는 개인의 가치에 관심을 두면서 진행된 근현대의 역사를 생각해볼 때 애국을 강요하는 일은 낯선 모습이다. 그런데 한국사만으로 좁혀보면 낯설지가 않다. 내가 경험한 몇 십 년 동안으로 좁혀보면 더욱 그렇다. 국가는 늘 국방의 의무를 내세우며 헌신하라고 명령하곤 했다. 강요된 애국을 거부할 자유가 주어졌던 기억이 내겐 없다. 애국 또한

의무였다. 스스로 가슴에 차오르는 샘물이 아니었다.

애국은 곧 지역 사랑·마을 사랑으로 이어진다. 내가 사는 마을에도 마을을 위해서 산다는 사람들이 많다. 마을 중앙에 커다란 우사를 지어놓고 소를 키우는 사람의 언성이 그중 높다. 소를 키우는 일도 마을의 발전을 위해서 한단다. 길가의 풀을 깎고 눈을 치우는 일도 마을을 위해 의무적으로 해야 한단다. 마을 일에 협력하지 않는 놈들은 마을 발전을 위해 다 몰아내야 한다고 한다. 군 지역으로 시야를 조금 넓혀도 마찬가지다. 자식을 서울대학교에 보내기 위해 골몰하는 것까지

지역을 위해서다.

　문득 의문이 스친다. 왜 자신을 위해 한다고 하면 안 되는 것일까? 국가나 마을을 위하기는커녕 자신을 위해 몸을 내놓지도 못하는 내가 끼어들 틈이라곤 보이지도 않는 세상에서, 점점 말 없는 놈이 되어가는 나를 보게 된다. 봄이 흐르고 있어서일까. 나를 위해 산다고 하는 사람이 오히려 그립다.

무심함이 흐르는 삶을 바라본다

본 적이 없던 놈이 며칠 전에 집으로 들어왔다. 산 중턱 버스 정류장까지 걷기운동을 나갔던 아내 뒤를 따라 무조건 들어온 놈이다. 이집 저집 수소문을 해도 주인이 없다. 누군가 버리고 간 게 분명했다. '파다다다닥' 꼬리를 치며 방정맞게 달려드는 폼이, 영락없이 도시의 어느 집안에서 키우던 놈이다. 쓸개 아니라 몸뚱어리 전부라도 다 바치겠다는 듯, 털북숭이 온몸을 꼬리처럼 흔들며 '나 좀 이뻐해주세요. 나 좀 받아주세요. 함께 놀아주세요. 잠시만이라도 쓰다듬어주세요. 살려주세요. 아이아이 주인님 사랑해요 좋아해요.' 온갖 애교를 떨며 달려드니 난감하기에 앞서 낯설었다. 어찌 보면 역겹다가 측은하기도 했다. 자신을 버린 주인을 부르는 것인지 아니면 삶이 마냥 서러운 것인지, 하늘에 대고 '꺼어어어어어' 우는 소리가 끔찍해서, 쫓아내려고 막대기로 머리를 때리기도 하고 몸을 밀기도 하면서 온갖 위협을 가했지만 '쫓으려면 아

예 죽여라'고 납작 엎드려 꼼짝도 하지 않았다. '깨갱깨갱' 소
리만 지르며 악착같이 버텼다. 개를 버린 사람처럼 차에 태워
다른 곳에 내려놓고 오든지, 키울 사람을 수소문하든지, 아니
면 받아들이든지 결정을 해야 했다. 그런 중에 아내가 녀석에
대해 싫지 않은 내색을 비쳤다.

　며칠 만에 아내에게 고기가 든 먹이를 얻어먹고 집 주위를
펄쩍펄쩍 뛰어다니는 녀석을 바라보니 문득 힘없는 사람의 모
습이 겹쳐 보인다. 사람도 무엇에겐가 기대어 살고자 한다면
버려지는 애완견의 처지에서 벗어날 수 없음을 생각한다.

나를 지키며 나아가는 삶

대학시절에 강원 지역 무전여행을 한 적이 있다. 강둑에서 하룻밤을 보내고 아침을 맞았을 때였다. 구름이 강에 옷자락을 걸친 채 산을 감싸고돌며 하늘로 오르고 있었다. 이무기가 용이 되어 하늘로 오르는 광경을 접하면서 한동안 움직임 없이 서있었다. 재잘거리며 흐르는 강과 무심히 강에 몸을 담근 채 하늘을 이고 선 산의 조화가 이루어내는 모습은 서로를 응시하는 남녀의 하나이면서 두 몸인 상태였다.

태백산맥을 넘어 강릉으로 향하면서 나는 어렴풋이 '언젠가 여건이 주어진다면 거처를 마련하고 살아보리라'는 생각을 마음에 새겼다. 영월의 망경대산에 거처를 마련하고 아내와 아들을 데리고 살게 된 것은 그런 생각의 결과였음을 부인할 수 없다.

산 중턱에 터를 잡은 지도 16년이 지났다. 살면서 보니 내 가슴에 귀한 존재로 들어와 박힌 자연이 정작 지역에서 오랫

동안 살아온 주민들에겐 특별한 대상이 아니라는 느낌을 받곤 했다. 자연이 곧 삶의 터전이기도 하거니와 변방에 위치한 지역적 삶을 살아온 탓이기도 하겠으나 길을 내고 다리를 놓고 건물을 지으면서, 허물고 막고 없애는 짓을 자랑삼아 했다. 산하가 변해가는 모습을 뿌듯한 느낌으로 받아들였다. 번듯한 대도시에 대한 동경이 마음을 가득 채우고 있는 듯이 보였다. 앞만 보며 살아가는 건 아닌지, 자신의 가장 가치 있는 부분을 잊고 있는 것은 아닌지, 의문이 꼬리를 이었다.

사람이 자존심에 상처를 입지 않고 살기 위해선 자신의 모습을 잘 살펴야 하는 것이 우선이다. 장점은 무엇이고 단점은 무엇인지를 정확히 파악해야 한다. 그리하여 단점은 떼어내면서 장점은 가꾸면서 살아야 한다. 평이하지만 실행하긴 어려운 이런 일은 지역의 앞날을 그려볼 때도 그대로 적용된다.

내가 강원도에 들어와 살게 된 이유와도 통하는 얘기지만 강원의 가장 큰 매력은 강과 산과 바다가 조화롭게 어우러져, 아기자기하면서도 웅장한 기운과 푸른 기상이 서린 자연경관이다. 자연은 자연 그대로일 때 가장 가치가 있다. 인공이 첨가될수록 가치는 뚝뚝 떨어진다. 도로를 내고 편의시설을 지을 땐 '이것을 꼭 해야만 하나' 하는 의문을 먼저 가져야 한다. 꼭 해야 한다고 결론이 섰을 때는 '어찌하면 자연과 조화를 이루면서 파괴를 최소화시킬 수 있을 것인가'를 고민해야 한다.

자신의 가장 중요한 부분을 훼손시키면서까지 만들어야 할 것은 존재하지 않거나 극히 드물다. 발전이 중요하다면 강원도의 가치를 지키면서 이루어야 한다.

내가 사는 곳을 보면, 읍내에서 산골마을로 이어지는 길이 16년 내내 공사 중이다. 강가의 길을 높이고 넓히면서 이어지는 공사는 이미 고정적인 풍경이 되었다. 언제 끝날지 모르는 공사가 이어지면서 자연의 어여쁜 모습은 찾을 수가 없다. 마을을 보더라도 포장도로가 계속 늘어나면서 흙길이 사라지고, 계단식 밭이 사라지고 나무와 흙으로 지은 오래된 집들이 사라지고 도랑의 가재와 도롱뇽이 사라지고, 커다란 축사가 들어서고 조립식 창고가 들어서고 농수용 물탱크가 곳곳에 들어서고 이동통신 안테나가 들어서고 좀 더 커다란 전봇대가 새로 포장된 길을 따라 그전보다 촘촘하게 들어서고 밭마다 포도재배용 파이프 시설이 들어서고 비닐하우스가 우후죽순 들어섰다. 16년 전, 마을에 처음 들어섰을 때의 모습은 좀체 보이지 않는다.

사람들은 얼마나 더 잘 살게 되었을까? 포도를 재배하면서 벌이가 나아지긴 나아졌다. 하지만 여전히 어렵다고들 한다. 여유가 없기는 예나 지금이나 마찬가지다. 마을 중앙에 축사를 세운 사람은 빚에 허덕이면서 땅을 조금 팔았다. 다행히 땅값은 많이 올라 일부를 팔았는데도 당장 급한 불은 껐다고 한

다. 한편으론 품앗이가 사라지고 매년 명절 때마다 함께 돼지를 잡아서 나누고 술을 마시던 일도 어느 해인가부터 끊어졌다.

과연 사람들은 좀 더 잘 살게 된 것일까? 자연과의 조화로운 모습을 파괴시키지 않으면서 소득을 높일 방법은 없었을까? 사람 사이의 관계를 소원하게 만들지 않으면서 나아갈 방법은 없었을까?

어디를 가나 공사가 벌어지고 새로운 건물이 들어서고 산과 강이 파헤쳐진다. 사람의 욕망이 가라앉지 않는 한 멈추지 않을 흐름이다. 멈추게 할 방법도 없다. 다만 무엇이 중요한지 살펴보면서 그것을 지키며 나아갈 방도만큼은 구해야 한다. 당장 눈앞의 이득이 보이지 않는다 하여 소중한 것을 함부로 하다가는 자신을 잃고 궁극적으로는 풍요로운 삶도 물거품이 되어 사라질 것이다.

자신을 돌아보지 않는 사람이 건강한 자존심을 간직한 채 우뚝 선 사람이 될 수는 없다. 자존심을 잃은 사람이 자신과 자신을 둘러싼 세상의 소중한 것이 무엇인지 알 수는 없는 일이다. 자신의 소중한 걸 모르거나 잃은 사람이 돈 좀 번다 하여 풍요로운 삶을 누릴 수 있을까?

'지역균형발전'이 지역의 특성을 무시한 일률적인 발전을 뜻하지는 않을 것이다. 강원도의 발전을 원한다면, 산을 허물고 강을 막고 도로를 뻥뻥 뚫고 건물을 마구 짓고 원자력 발전소와 같은 위험하기 짝이 없는 시설을 유치하는 우를 범하진 말아야 한다. 그건 발전이 아니라 죽음이다.

나는 무엇이고 너는 또 무엇인가?

- 2012, 2013년에 발표한 시들 중 8편에 대하여

슬금슬금 스으으윽 슥슥 사살살 주물렁주물렁 쑥 턱 쑥 턱 으샤샤

샤 으싸으싸 헉헉 아이아이 외오와오 으헤헤헷 씨굴텅씨굴텅 조조조

좃 차차차차 으이여차 와라차차 싸싸싸 쪽 텅 쪽 텅 쭈쭈 뿌뿌

파바바박 푸빠푸빠 짜짜짜짜짜짜짜 짜아아짜 짜아짜

첩첩 찹찹 퍽퍽 팍팍 뿌석뿌석 철썩철썩 뽀뽀뽀뽀 쪽쪽 싹싹

헐레헐레 후후후후 꿍짜라라 쿠쿠쿠쿠 찌부락찌부락 으헉헉헉 떡떡

쿵따라빠 빠바바박 으랏차차차차차차 씨부락쿵떡 쿵떡쿵떡 으허허

허 하아하아 흐응흐응 처처처척 착착 히오히오 헐떡허덕 으어어억,

하이고야 하이고

　　　　　　　　　　　　　　- 졸시, 「봄날, 들판에 아지랑이 숨 가쁘게 놀고 있다」 전문

　겨울이 깊어가는가 했더니 봄기운이 몰려온다. 남녘의 산
너머에서 너울처럼 밀려든다. 바람도 불지 않는 한낮, 따사로
운 햇살을 받으며 봄의 기운 앞으로 나선다. 남쪽나라의 꽃향

기와 푸르름과 울긋불긋한 깃털로 화려한 새들의 지저귐이 한데 어우러진 막을 수 없는 힘 앞에서 나는 마냥 서있었다.

불현듯 아지랑이가 어른어른 현란한 춤을 추며 다가온다. 가만히 보니 아지랑이의 노는 모습이 꽤나 관능적이다. 사알살 쓰사사삭 쓱쓱 삭삭 싸악싸악, 잘도 논다. 아직 푸르름이라곤 찾아볼 수 없는 들판에 숨 가쁜 향연이 펼쳐졌다. 대자연이 한 해를 시작하는 몸짓에 내 몸과 마음도 들썩인다.

입동이 지난 뒤, 추위가 시퍼렇게 깔린 날이었다 잿빛구름이 머리를 덮었다

쿵 쿠앙 콰아아아아
쿵야 쿵야 쿠아아아아

집 옆 등성이 너머 계곡이 흔들렸다 산이 흔들렸다 집이 흔들렸다 나도 흔들렸다

달아나는 멧돼지가 보였다 새끼들도 서너 마리 보였다 땅을 꽉꽉 찍으며 내달린다 생과 사의 경계선을 타고 질주하는 멧돼지들

나무들도 팽팽 긴장하며 비켜선다 튀어라 생각이고 뭐고 무조건 뛰어라

총알이 비켜간다 바람이 휜다 죽음을 향해 달려라

콩을 심었던 밭에서 뭔가를 먹는 멧돼지 가족이 보였다. 줄무늬가 선명한 새끼 서너 마리와 어미 한 마리였다. 사냥꾼이 발걸음을 멈추는가 싶자 곧 총성이 울렸다. 사냥개를 거느리지 않은 걸로 보아 가볍게 나온 사냥꾼으로 보였다.

첫발이 빗나간 모양이었다. 어미와 새끼, 누가 먼저라 할 것 없이 뛰었다. 나와 사냥꾼을 뒤로 두고 죽어라 뛰었다. 연이어 두 발의 총성이 산과 산 사이를 울리며 하늘 어딘가로 사라져 갔다. 다행인지 어쩐 것인지는 알 길이 없으나 멧돼지들은 한 마리도 쓰러지지 않고 바람보다 빠르게 달려 숲속으로 모습을 감췄다.

도망가는 데 있어선 새끼와 어미의 구분이 없다. 온 힘을 다하여 달리는 게 먼저다. 자신부터 살아야 한다. 살고 나서 살펴야 한다. 눈앞의 죽음 앞에선 옆을 돌아볼 시간이 없다. 새끼가 염려되어 눈을 돌리기라도 하면 어미의 생은 그 즉시 끝날 수도 있다. 어미가 죽는다면 새끼들은 도망에 성공한다 해도 바람 앞에 흔들리는 목숨이다. 찰나의 시간이 삶과 죽음을 좌우하는 순간에 새끼들이 어미에게 의지하려 한다면 그들 또한 즉시 죽음으로 내몰릴 수 있다. 무엇보다 총알의 공격부터 피해야 한다. 사냥꾼의 가시권으로부터 벗어나야 한다.

　산 것도 죽은 것도 아닌, 생사의 기로에서 누군가를 생각한 다는 것 혹은 누군가에게 의지한다는 건 있을 수 없다. 삶은 뜨겁기보다는 차갑다.

　이거 봐, 사람 이가 분명하잖아 내장을 덜 뺐던 모양이야 먹다보니 까 씹히잖아

　아내가 손바닥에 놓인 이를 내 눈앞으로 들이민다 어둠이 스며든 이는 내가 보기에도 사람의 이다

사람을 먹었나 먹을 수도 있겠지 그 넓은 바다에 사람 시체가
한두 구만 가라앉겠어, 맛있는 먹이를 갈치가 놔둘 리도 없을 테고

어째 갈치 맛이 그만이더라니
이거 벌써 다 먹었나 좀 더 없어
근데 이는 괜찮아 이가 이를 씹었으니

아내는 말없이 일어나 밖으로 나갔다 들어온다
뒤꼍 두충나무 아래 묻었어요

쩝쩝, 거뭇거뭇한 갈치조림 국물에 밥을 비벼 먹으며 태평양 어디
햇살 몇 오라기 겨우 비집고 들어가는 바다 속에서 우라타당 어둠을
흔들며 송장을 물어뜯는 갈치를 바라본다 육식동물의 이빨로 사람의
입까지 찢어내어 삼키는 갈치의 즐거운 노동, 갈치의 몸에서 튕겨
나온 은빛이 잘게 부서져 퍼져나간다 죽음을 파먹으며 허연 살을
찌우는 갈치의 팔팔한 흔들림이 심해의 구덩이에서 떠오른다

숟가락을 놓은 뒤 배를 가린 옷을 슬쩍 들춰본다 살결이 바닷물처
럼 출렁이고 있다 산산이 조각난 갈치의 몸이 녹아내리며 일렁이는
뱃속이 보인다
        – 졸시, 「뱃속의 이」 전문

오랜만에 비싼 생선이 식탁에 올랐다. 한 토막을 통째 밥 위에 올려놓고 등뼈 아래의 부분을 젓가락으로 분리하여 한 입에 넣고 씹던 아내가 무엇인가를 입 밖으로 꺼낸다. 아내의 손바닥에 있는 물체는 거무튀튀한 것이 썩 마음에 들진 않았다. 아무리 살펴도 사람의 이처럼 보였다.

이를 보고 있자니 바다에 빠진 사람이 보인다. 깊은 바다로 내려간 그를 향해 배고픈 갈치들이 달려든다. 한 사람의 죽음이 갈치들의 즐거운 식사자리를 만들어준다.

밥을 다 먹고 차까지 한잔한 뒤 책상에 앉아 잠시 전의 이야기와 내 뇌리를 스치고 간 영상을 일기 쓰듯 툭툭 노트북 컴퓨터에 글자로 저장한다. 그리고 잠시 생각을 거쳐 '뱃속의 이'란 제목을 달았다.

검은 하늘에 눈보라가 휘날리는 밤
땅으로 내리는 눈송이들이 내 몸에도 내려앉는 모양을 보며 섰다

지상에 쌓이는 눈도 별들이련만
뼛속으로 파고드는 이 얼음바람을 어찌 막아주려나

승도야, 따듯한 세상을 그만 잊어라

방송이 '크리스마스이브'라며 들썩이는 날이다. 텔레비전을 보지 않고 10여 년을 살다보니 크리스마스가 오는지도 모르고 가는지도 모르면서 보내는 해도 적잖다. 그런 중에도 컴퓨터를 통해 신문기사를 읽다가 크리스마스이브를 접한 날이다.

밤이 되어 마당으로 나가니 눈보라가 휘날린다. 눈송이는 눈앞에서 잠시잠시 모습을 내보인다. 얼굴에 손에 부딪히며 제 존재를 알리기도 한다.

이 세상에 별 아닌 것 있을까? 지구도 별 중의 하나이니 지구를 구성하는 일부분인 사람도 당연히 별이다. 그러니 눈도 별이 아닐 수 없다.

별들이 쏟아지고 있건만 세상은 왜 이리 추운가? 온 세상이 별들로 덮이고 있건만 차가운 바람은 왜 멈춤 없이 뼛속까지 파고드는가?

승도야, 너는 아직도 따뜻한 세상을 바라고 있느냐? 세상은 차가운 거라고 그렇게 얘기했건만, 받아들일 마음이 없었더냐? 뻔히 보고 느끼며 살면서도 인정하고 싶지 않았던 것이냐?

손을 잡을 이도 잡아주는 이도 없다

여기보다 못할 곳이 있을까

얼음덩이 해가 떠오른다

가자 이야아아아, 탈옥이다 세상은 참 추웠다

    - 졸시, 「빙하기 4-다리 난간을 넘다」 전문

어른의 가슴 정도 높이의 철제 다리 난간을 넘은 아이가 한 뼘 다리 가장자리를 딛고 서서 난간을 움켜잡고 있었다. 아이의 옆에 붙어선 사내가 한 손으론 난간을 잡고 한 손으론 아이의 팔을 잡은 채 아이 쪽으로 상체를 비스듬히 숙인 상태에서 뭐라 말하는 것 같았다.

생활의 어려움을 이기지 못한 남자가 함께 살던 아들을 데리고 강으로 뛰어내려 사망했다는 기사가 사진 아래 검은 점들로 펼쳐져 있었다.

사진 속의 아이는 난간을 꽉 잡고 있었다. 뛰어내리고 싶지 않았다. 죽고 싶지 않았다. 온 힘을 다해 버티고 있었다. 왜 죽였는가? 살고 싶은 아이를 왜 죽여야만 했는가? 아버지는 아들을 죽여도 되는가? 초등학교에 다니는 아이를 남기고 어찌 홀로 갈 수 있느냐고? 그렇다고 꼭 죽여야 합니까? 함께 가면 뭐가 좋습니까? 저승길이 덜 외로운가요? 살고 싶은 사람은 살아야 하지 않나요?

물음은 물음일 뿐, 아이의 아버지를 욕할 수 없었다. 세상의 차가움을 누구보다 뼈저리게 느꼈을 사람이었다. 이 세상이 감옥임을 알아버린 사람일 터였다.

저 아버지를 욕할 수 있는 이 누구인가?

비야 저 아래 더 내려갈 곳이 없는 곳까지 가려고 내린다 해도
나무와 풀과 돌까지 축축 내려앉는 어두운 한낮

꽥꽥 오리나 되어 소리라도 쳐볼까
때까치들 점점이, 익어가는 포도밭을 향해, 겨우겨우 떨어지지
않고 날아간다
차라리 날개를 접고 배고픔에 떨자
새들아, 오늘은 나뭇가지 아래 움직임 없이 앉아 빗물 한 모금
받아 마시자 침묵에 침묵을 더하며, 어디 떨어질 곳이 없나 살피는
가을이 되자
무거운 이름, 가을이 되자
― 졸시, 「초가을, 비는 내리는데」 전문

겨울을 머금어서 그런가? 가을비는 무겁다. 나까지 눌릴 것
만 같다. 저 밑 어딘가로 무한정 떨어질 것 같다. 새들의 날갯
짓도 무겁게만 다가온다. 날아오르는 게 아니라 땅으로 끌려
내려가는 모양새다. 삶은 왜 이렇게 무거운가?

나는 걸 잊어버린 집오리가 불현듯 생각난다. 오리라도 되어 꽥꽥 소리쳐보고 싶은 욕구가 솟은 것도 잠시였다. 뭔가를 하겠다는 의지 같은 건 다 내려놓고 살고 싶다. 나도 가을비가 되어 한없이 낮은 곳으로 가고 싶다. 아무것도 하려 하지 않으면 좀 가벼워질까? 무엇인가를 꼭 얻어야 사는 의미가 있는가? 가을엔 모든 것 내려놓고 침묵하면서 나를 바라볼 일이다.

> 뱃속에서 닭이 걸어 다니나 추적추적
> 추적추적추적추적 비가 내린다
>
> 이제 겨울이야 세상을 꽁꽁 얼리며 바람이 오고 갈 거야
> 떠나야겠지?
> 추적추적 닭이 뱃속에서 걸음을 멈추지 않아도, 그래 그래도
> – 졸시, 「닭백숙을 먹은 저녁」 전문

기르던 닭을 잡아 오가피나무를 베어 넣고 푹 삶는다. 부드럽게 익은 고기를 먹고 국물에 쌀을 넣고 끓여 죽도 한 그릇 비운다. 밖에는 비가 내리고 있다. 비오는 날은 일찍 어두워져 하루가 그만큼 빠르다.

어둠이 내리는 창밖을 보고 있자니 추적추적 빗소리가 들린다. 그런데 좀 이상하다. 가만히 들으니 뱃속에서 내가 먹은

닭이 걸어 다니는 소리다. 언제 겨울바람이 몰려올지 알 수 없는 때다. 당장 내일 얼음바람이 몰아친다고 해도 이상한 일이 아니다.

먹고사는 일이 쉽지 않다. 산 것을 죽여야만 먹을 수가 있다. 그렇게 우리는 살아간다. 겨울이 내일 당장 다가와도 살아야 하고 살아나갈 것이다. 잡아먹은 닭이 추적추적 뱃속에서 걷는 소리를 들으며 살아야 한다. 닭이 걷는 소리를 듣지 않으며 살 도리는 없다.

끝없이 무엇인가를 잡아먹으며 내게 주어진 삶을 이어나가야 한다. 겨울보다 더 춥고 두려운 무엇이 다가온다 해도 홀로 허적허적 나아가야만 한다.

빽빽하다 소나무 숲
삐삐, 말라깽이들, 바람 따라 흔들린다
하늘의 끝을 향해 솟았다

부러지지 않을 정도의 굵기로 키를 키우며 햇살을 선점하라 가지도 짧게 적게, 오로지 키를 키워라 산들 바람에 휘청거려도 걱정 말아라 폭풍이 닥치면 옆의 산 나무 죽은 나무를 잡고 버텨라 눈이 쌓여도 비에 젖어도 구름에 잠겨도 해를 찾아 까치발을 디뎌라
가볍게 더 가볍게, 하늘로 펄쩍 뛰어올라라 오호호호 웃으며 눈물을 흘려라
— 졸시, 「키다리들의 슬픔」 전문

집 뒤 숲속 길을 걷다보면 소나무가 우거진 길을 통과하게 된다. 한낮에도 어둑어둑한 길이다. 걸음을 멈추고 사위를 둘러보면 소나무들이 빽빽하게 둘러서서 햇살 한 줌조차 쉽게 내려오지 못하게 만든 모습이 눈에 들어온다. 소나무들의 전쟁터다.

햇살을 선점하려는 싸움에서 진 소나무들이 옆의 소나무

가지에 기댄 채 죽어 있는 모습이 여지저기 쉽게 눈에 띈다. 굵직한 나무들 사이사이로 내 종아리 굵기의 소나무들이 꺾일 염려 따위는 접어둔 채 치솟아 바람 따라 휘청이며 한 줌 하늘을 점유하고 있다. 옆의 소나무가 없으면 태풍을 이겨낼 수 없는 나무들이다. 함께 있기에 목숨을 이어갈 수 있다. 그러니 참 슬픈 숲이다.

소나무 숲에 서있으면 키다리 나무들의 울음에 젖은 웃음소리가 들려온다.

영원으로 이어지는 한 번의 만남을 생각한다

　2년 전에 하이디하우스 시 낭송회에 간 적이 있다. 온통 꽃밭인 정원에서 낭송회가 벌어지기 전부터 처음 보는 시인들과의 서먹함에서 벗어나고자 술을 마셨다. 함께 시를 쓰는 사이라고는 해도 처음 보는 사람들 사이의 벽은 견고해서 허물기가 쉽지 않다. 이런저런 문단 행사에 거의 발을 디디지 않는 내겐 더욱 그렇다.

　꽃밭 가장자리에 마련된 술자리는 시낭송회의 무대와는 상관없이 이어졌다. "사랑하는 것은 사랑을 받느니보다 행복하나니라……" 시낭송가의 세련된 낭송을 들으며 술자리를 이어가다보니 '행복'이란 것이 정녕 이 세상 어딘가에 있을 것 같기도 했다.

　낭송회가 끝나고서도 술자리는 뒤풀이 형식으로 이어졌다.

　"시 낭송 잘 들었습니다."

　어설픈 내 낭송을 살짝 띄워주는 여인이 있었다. 아는 이가

　드문 자리에서 모르는 여인이 말을 걸어올 때의 신선함이란 한여름 나무 그늘 밑의 산들바람 못지않다. 모습도 예쁜 경우라면 산들바람과는 비교하기가 어렵다. 거기에 술기운까지 보태어졌으니 말해 무엇하랴.

　밤이 깊어 새벽으로 가는 시간의 흐름 어느 지점에서 원두막처럼 지어진 술자리를 침실로 삼아 침낭 속에 들어가 잠을 잤다. 주인에게 큰 부담을 주지 않으니 나도 편했다. 그렇게 새벽의 어스름을 지나 눈을 뜨니 속은 울렁거리고 힘은 없고, 다시 자고 싶어도 그럴 수 없는 상태 속에서 아침을 재촉하는 소리에 사람들 뒤를 따라 집으로 들어가 국에 밥 한두 숟가락을 떠 넣어 말아먹었다. 주니 먹는 밥이었다.

그런 시간 속에서도 나의 시선은 어제의 여인에게 흘금흘금 돌려졌다. 사선으로 어긋난 맞은편 자리에 앉아 아침을 먹는 여인은 깨끗한 모습이었다. 내 헝클어진 모습과는 좀체 어울리지 않았다. '어제 술자리가 끝난 뒤 택시를 타고서라도 슬쩍 사라지는 건데.' 후회의 감정이 은근슬쩍 밀려들었다.

한 번의 만남, 그걸 어찌해야만 좋을까? 대개의 경우 다시 얻고 싶은 좋은 시간은 반복되지 않는다. 꽃을 꺾어서 꽃병에 꽂아 두면 그게 무슨 꽃이겠는가? 꽃은 들판에 숲속에 피어 바람 따라 하늘거리는 그 모양새 그대로가 꽃이다. 한때의 마음을 그대로 간직하기 위해선 다시 만날 생각을 접어야 한다. 여기서 쉽지 않다. 그래야 하건만 그렇게 하고 싶지 않다. 다시 보고 싶고 또 보고 싶은 마음을 어찌하지 못한다. 결국 진정 어여쁜 모습은 어느 순간 사라진다.

내 마음의 흔들림을 타고 부드러우면서도 고소한 듯한 향기가 다가왔다. 헤이즐넛향이 흐르는 커피가 식후의 식탁에 돌려졌다. 은은한 향이 가슴을 파고들었다. 거기에 녹아드는 여인의 얼굴이 어제와는 또 다른 아름다움으로 다가왔다. 서로 다른 자동차를 타고 각자의 길을 가야하는 헤어짐의 발걸음 속에서 슬쩍 내게 명함을 건네는 여인의 손길도 은근한 차의 향기에 다름이 아니었다.

　결국 여인은 차의 향기로 남았다. 차를 마실 때마다 여인의 향기가 더해지니 세상이 한결 부드럽다.

은행나무의 웃음

- 2011 천태산 은행나무 시제에 다녀오다

집을 나설 때도 비는 그치지 않았다. 비에 젖은 나뭇잎들은 빨갛고 노란 색들을 더욱 뚜렷이 드러냈다. 어찌 보면 가을산은 늙은이들로 가득하다. 붉은 단풍은 '아이고 아이고' 아픈 소리를 내고 노란 잎들은 '어허 어허' 탄식하며 굽은 허리를 편다. 잎을 떨굴 자세가 아닌 침엽수들도 더 이상 푸르른 젊은이가 아니다. 울긋불긋 잎들 속에서 푸른빛을 드러내고 있는 단풍잎 중 하나다. 그래서인지는 몰라도 푸른 잎 또한 '우후후 후후' 아픈 소리를 내며 슬픈 모양새다. 흙빛에 가깝게 물든 잎들의 소리는 아예 힘이 없다. 'ㅇㅇㅇㅇㅇㅇ' 숨을 놓기 직전의 음성이다. 그러저러한 늙은이들의 소리를 적시며 비가 내린다. 봄날에 피어나던 아이들의 웃음소리는 어언 옛날이다. 그런 날들이 있었는가를 생각하는 것조차 어리석다.

영월의 망경대산을 내려가 제천을 지나 충주와 청주를 거쳐 옥천을 건너 영동의 천태산 은행나무를 찾아가는 길 위로 비는 그침 없이 내렸다.

"이러다 아무래도 늦겠는걸."

좀 여유롭게 출발한다고 했지만 비를 헤치고 가는 길은 더디기만 했다. 기상예보에서도 오후부터는 갠다고 했건만 비는 11시를 넘겨서도 그칠 낌새를 보이지 않았다. 11시 30분까지는 와달라고 하던 양문규 시인의 말이 은근히 나를 옥죄였다. 가속페달을 밟았다. "양산면." 영동 양산면이라는 표지가 그리도 반갑게 보일 줄이야! 마음이 놓이면서 한결 가벼워진 마음으로 천태산 은행나무를 향해 가는 길로 접이들었다. 그때쯤 비도 한두 줄기 투둑 떨구는 수준으로 내려앉았다. 누군가의 눈물방울처럼 느껴졌다. 슬픔이라기보다는 기쁨의 눈물에 가까웠다.

황구하 시인의 커피 접대를 받으며 강원 춘천에서 집필활동을 한다는 정우영 시인과 만나 마을 사람들이 끓여 내주는 잔치국수를 함께 먹고 막걸리도 한잔 걸치고 나니 곧 행사가 시작되었다.

신문이 빈 벤치에 앉아 자꾸 손짓한다

가 앉아 펼쳐드니 은행잎들 떨어져 가린다

읽을 건 계절과 자연이지

시대나 세상이 아니라면서

– 유안진, 「노랑말로 말한다」 전문

은행나무는 몇 번을 올려다봐도 당당하다. 크기도 크기지만
환하디환한 노란빛의 덩어리가 산신령인 듯 행사장을 내려다
보고 있다. 술을 따르고, 절을 올리고, 제문을 읽고 불사르는
행위도 은근한 미소로 받아들이고, 제단에 놓인 '노랑말로 말
한다'는 시집도 품에 안아 들인다. 시집 제목으로 쓰인 유안진
시인의 시에서처럼, 슬쩍슬쩍 잎을 떨구어 세상을 덮으며 포
근히 감싸 안는 가운데 천태산 은행나무 문학상 시상식도 열
리니, 나무는 그저 좋아 움찔 몸을 흔들기까지 한다.

누군가 여기 와서 거닐다 갔다
초록 위에 스쳐가는 바람결같이

누군가 여기 와서 고백하고 갔다
빗금으로 반짝이던 빗방울같이

누군가 여기 와서 기다리다 갔다
언제나 제자리에 스러지는 노을빛같이

그 일들 다 겪어주느라

천태산 은행나무 여기 서 있다

　　- 정윤천, 「은행나무 사랑」 전문

만추를 털어낸 샛노란 수맥의 발자국

시위 당기던 해도 저물어
속눈썹으로 날아드는 시간의 화살
눈동자에서 파르르 떠는 저녁

선을 긋고 떠난 바람의 필체인가
우듬지에 보푸라기 이는 비행운
손차양에 금세 번지는 노을

가을의 촉수는 퇴적된 계절에서 움터
무넘깃둑에 쏟아지는 웃음들

천 년은 너무나 짧아
차라리 돌이 되고야 말
화르르 날아오르는 노랑나비떼

　　- 임윤, 「은행나무는 흐른다」 전문

　공동수상작의 시어들이 노란빛으로 기우뚱 기우뚱 흔들리
며 내려앉는 땅 위에선 정영주 시인의 애수어린 시노래와 김
백겸·김명리·이은봉·정윤천 시인의 시낭독과 가야금·거문
고의 연주, 초청가수 김원중의 노래 등이 이어졌다. 나 또한
은행나무의 은은한 눈빛을 받으며 준비해간 시를 낭독했다.

　　내가 인간세계에서 승도라는 이름으로 살아가듯이

　　새의 세계에서 새들이 너를 부르는 이름을 알고 싶다

　　새들이 너를 부르듯 나도 너만의 이름을 부르고 싶다

오래도록 마음의 문을 닫고 세상을 멀리하며 나는 살아왔다

아침이야 아침이야 네가 햇살보다 먼저 찾아와 창문 앞에서 나를

불러 아침을 안겨주었듯 저기 저 산, 네가 사는 숲에 들어가 나도

너의 둥지 옆에서 너의 이름을 불러, 막 잠에서 깬 너의 눈이 나를

보는 것을 보고 싶다

그때 너는 놀라며 나의 이름을 부르겠지 …… 승도야

　　　－졸시, 「나의 새」 전문

등단 작품을 낭독하자니 「나의 새」를 쓸 당시의 내 모습이 은행나무와 겹쳐져 다가왔다. 그땐 나도 지금보다는 맑은 눈을 가지고 있었음이 분명하다. 왜 사람은 나이를 먹으며 흐릿한 눈망울을 얻게 되는 것일까? 단순히 몸이 늙는 이유 때문은 아닐 것이다.

"뭇 생명들에게 기쁨과 희망을 안겨주며 나아가 자신과 이웃, 대 자연 속 생명들의 평화를 지켜내며 가꾸는 것을 소명으로……."

양문규 시인이 2011 천태산 은행나무 시제를 열게 된 마음을 펼쳐놓은 말에서 그 일단이나마 유추가 가능하리라. 많은 사람들이, 살아가면서 얻는 만큼 가졌던 것들을 잃어버린다. 자연을 잃어버리고 인간을 잃어버리고 오롯이 자신만이 남는

다. 그것도 온갖 상처투성이인 몸과 마음을 가진 개인으로서
의 몸뚱이 하나만 남는다. 잃어버리는 것 중에 맑은 눈빛도 있
다.

행사가 시작될 즈음 비가 멎으면서 2011 시제 때의 은행나
무는 어느 해보다 더 맑고 환한 얼굴로 사람들 앞에 섰다. 은
행나무가 시제를 여는 인간들을 생각해서 비를 멎게 했다고
생각진 않는다. 비야 올 수도 있고 멎을 수도 있다. 비가 그치
지 않았다면, 빗속에서 벌어진 시제도 남다른 멋이 있었을 수
있고, 은행나무 또한 색다른 모습을 보면서 즐거워했을 수도
있다. 다만 청주 KBS 문화현장 공개방송 녹화에 지장이 많았
으리라는 것은 어렵지 않게 짐작이 된다. 그렇다고 해도 은행
나무가 비를 멈추게 했다고 생각하진 않는다. 그러한 일은 인
간과 자연의 조화로운 관계와 별 상관이 없는 일이다.

집으로 돌아오는 길엔 비가 오지 않았다. 젖은 몸이 아니어
서였을까? 숲의 단풍 든 나뭇잎들도 갈 때처럼 '아파 아파' '흐
이구 흐이구' '아이고오 아이고오' 신음소리로 요란하지 않았
다. 나뭇잎들이 그새 다른 잎으로 변한 것 같진 않다. 아마도
단풍을 바라보는 내가 변했다고 해야 옳겠다.

시제에 참가하여 은행나무 아래에 있는 동안 나는 나를 흔
드는 거대한 노란 손을 잡아야 했다. 은행나무의 노란빛, 늙은
이의 흐느낌 소리는 흐느낌이 아니었다. 어쩔 수 없이 나이를

먹어 우는 울음이 아니었다. 제 몸을 스스로 '스르르' 놓아버
릴 줄 아는 지혜로운 자의 몸짓이었다. 늙은이의 웃음이었다.
모든 것 놓아버린 늙은이의 웃음은 맑고 부드럽다. 그 웃음의
빛을 세상에 뿌리며 선 은행나무가 떠나는 나를 자꾸만 불러
세웠다. 돌아보면 '아니'라고 '어서 가던 길 가라'며 노란 손을
흔들면서도.

문득 걷고 싶은 날

잎을 떨군 겨울나무의 모습에서는 지혜로운 자의 얼굴이 보인다. 시절에 맞게 자신을 변화시키는 자세야말로 현명한 자의 태도가 아니던가? 그럼에도 소나무의 푸르름 또한 보는 맛이 심심치 않다. 소나무의 푸르름은 겨울에 돋보인다. 상황이 어떻든, 세월의 흐름이 어떠하든, 올곧게 자신의 색깔을 유지하며 살아가는 자세가 맘에 든다.

두 가지 삶의 방식이 다 좋으니 나는 상록수보다는 낙엽수에 가까운 인간이라고 해야 하나?

집 앞 느릅나무와 곁의 소나무를 바라보며 집을 나섰다. 느릅나무의 가지는 뻗어나가는 기세가 힘차다. 빛이 사방으로 뻗어나가듯 자란다. 보이지 않는 곳에선 뿌리를 뻗어 땅을 움켜쥐고 보이는 곳에선 가지를 뻗어 하늘을 움켜쥐는 나무의 생명력은 늘 나를 돌아보며 힘을 내게 한다.

집 앞의 소나무는 느릅나무의 뻗어나가는 기세를 감당하지 못하고 피해 달아나듯 줄기가 휘어진 채 자라다가 다시 하늘을 향해 곧게 몸을 폈다. 그런들 꼽추의 모습을 털어내진 못했다. 가을이 깊어져 느릅나무 잎이 떨어지기까지는 드러나지 않던 소나무의 아픔이다. 그렇다고 느릅나무를 탓하기도 어려우니 생각을 끊고 시선을 돌릴 수밖에.

이곳에 터를 잡고 두세 해 지나서 집 앞 길가에 가로수 삼아 심었던 대여섯 그루의 산수유 묘목은 이제 내 키 위로 자라났다. 가지마다 오돌오돌 돋아난 콩알만 한 꽃눈들이 탐스럽다. 가을이 깊어지던 시절에 봄을 잉태한 채 부풀어 오르더니 이제야 막 눈을 뜰 기세다. 곧 소복소복 노란 눈이 내리듯 꽃이 피어날 게다. 피어나 병아리들이 되어 '삐약삐약' 노란 소리를 숲으로 퍼뜨릴 것이다.

겨울은 반동의 계절이다. 온통 얼어붙은 듯 보이지만 기회만 보며 숨을 죽이고 있는 봄의 눈들이 곳곳에 박혀있다. 비록 땅에 찰싹 붙어 있지만 푸른 기상은 버리지 않은 상태다. 냉이처럼 붉그죽죽한 빛으로 얼굴색을 바꾼 것들도 기운만은 푸르름을 한껏 간직한 채 조용히 때를 기다린다. 땅에서 솟아 흐르는 도랑의 물은 올해의 질긴 추위 속에서도 얼어붙지 않았다. 물가의 이끼도 여전히 생생하다. 가만히 바라보니 겨울이 시작될 무렵부터 산에 들판에 모습을 숨겨왔던 봄이 보인다.

걸었다. 생각도 없이 그냥 걸었다. 땅거미가 나직이 깔리는

길을 밟으며 걷다보니 하루가 한 걸음 같다. 버스가 다니는 큰
길까지 나가서, 산모퉁이를 돌고 돌다가 멈추어 맨손 체조로
몸을 풀며 멀리 맞은편 산을 바라본다. 거대한 새가 막 땅을
박차고 날아오르는 모습의 산이 오늘도 나를 맞는다. '꿈틀'
가슴을 채우는 어떤 힘이 몸을 뒤챈다. 하늘 끝 한 자락을 끌
어당기며 새가 날아간다.

나는 이곳에 사람을 만나러 오진 않았다. 그렇다 해서 사람
을 멀리할 생각도 없었다. 사람도 자연의 일부인데 어찌 멀리
할 생각을 했겠는가? 부딪히면 부딪히는 대로 살아온 산촌 생

활이었다.

길바닥이 내 발바닥에 닿는 느낌을 즐기며 다시 천천히 걸었다. 길과 나무들, 지저귀며 날아가는 작은 새들과 급히 멀어져야 할 이유가 없다. 문득 걷고 싶어 걷는 날은 천천히, 될 수 있는 한 천천히 걷는다. 걷는다는 걸 잊을 정도로 느릿느릿 걷다보면 밟히는 낙엽 한 잎도 내 몸 어디에서 떨어져나간 듯 가깝게 다가온다.

어둑어둑 어둠이 내려앉는 가운데 작은 새 몇 마리가 길가의 소나무 잔가지 사이로 날아 들어간다. 촘촘히 난 솔잎 아래 잔가지들 사이는 새들의 하룻밤 집으로 썩 잘 어울린다. 내가 죽는다면 내 집은 어디일까? 걸음을 멈추고 하늘을 본다. 희미하나마 일찍 모습을 드러낸 별이 하나 보인다. 저 별 옆일까? 별과 별 사이의 검은 공간이 나는 좋다.

봄은 흐른다

옹알대는 아기의 목소리가 들려온다. 소리가 나는 쪽으로
고개를 돌린다. 집 옆 도랑에서 들리는 소리가 분명하다. 어느
새 물이 불었던가? 바라보니 제법 푸른빛도 어른거린다.

며칠 전이다. 비가 내리다 희끗희끗 진눈깨비로 바뀌더니
기어이 눈이 퍼얼펄 휘날려 세상을 덮었다. 그 눈도 언제 모습
을 감췄는지 모르게 사라졌다. 방에서 무심히 이삼일을 보내
는 동안 눈이 자취를 감추는 걸 알지 못했다. 주위를 살피는
일에 잠시라도 게으름을 피우면 세상이 바뀌어 있다.

처마에 달아놓은 엄지만 한 풍경이 자지러지게 운다. 아침
부터 '슉슉' 산속 세상을 습격한 바람이 오후에 접어들었는데
도 그칠 낌새조차 없다. 남쪽의 바람이 서쪽으로 가더니 다시
동쪽으로 자리를 옮겼다. 겨울 동안에도 잎을 떨구지 않은 집
가 회양목들이 불안한 듯 좌우로 온몸을 흔든다. 집 앞의 뽕나
무도 길 건너 호두나무도 헛간 옆 복숭아나무도 숲가의 낙엽

송들도 몸을 흔든다.

　멀리 보이던 산조차 보이지 않는다. 희뿌연 연무와 함께 다가온 바람. 바람이 어디서 왔는가를 묻는 것은 어리석다. 맞이하고 또 보내면 그만이다. 지난 가을의 낙엽이 바람의 힘을 빌려 몸을 일으켜 집 앞 길을 따라 굴러간다. 어떤 놈은 붕 떠서 하늘로 올라 날아간다. 산등성이 넘어, 산봉우리를 넘어, 간다 간다 새가 되어 날아간다.

　시선을 내려 앞을 보니 햇살도 흔들리며 가만히 있지 못하는데 느릅나무 가지가 하늘을 할퀴며 야단이다. 바르르 떨기도 한다. 무언가 들뜬 품새다. 저 멀리 어디서 반가운 무엇이라도 다가오는 모양이다. 어쩌면 나도 바람의 흐름에 이끌려 나왔는지도 모른다. 집 지붕과 창문을 흔들던 소리가 내 마음까지 흔들며 '화다닥' 지붕 너머로 날아간다.

"봐아아아아아, 부아아아아아아, 쏴아아아아아, 샤그라샤그라 슈아아아아앙—"

바람소리에 섞여 조금은 다른 소리도 들려온다.

"쑤승게 승게 뚜둥게 쑤둥게 승게 쑤승게 쑤둥게 둥게"

박새다. 무리를 이루지 않은 새가 집과 도랑 사이에 심어놓은 마가목 가지에서 이리저리 파랑파랑 옮겨 다니며 누군가를 부른다.

도랑가로 발을 옮겼다. 눈 녹은 물로 촉촉이 젖은 땅에서 푸르거나 붉은 빛의 풀들이 솟았다. 겨울을 이겨내느라 불그죽죽하게 얼굴빛이 바랜 풀과 땅 속에 가만히 있으며 나갈 때를 기다리던 푸른 풀들이 뒤섞여 자라나기 시작했다.

풀들의 기운이라도 스며든 것일까? 집 앞 길로 발길이 옮겨졌다. 어디로 간다는 생각도 없이 길을 따라 타박타박 걸었다.

"촤촤촤촤솨솨촤촤—"

제법 힘이 느껴지는 소리가 들려온다. 사람 서넛 들어서면 꽉 차는 작은 계곡을 가로지른 다리에 다다라 보니, 얼음 아래로 졸졸 늙은이 오줌줄기가 되어 흐르던 물줄기가 파릇한 소

년의 기세로 바뀌었다. 눈과 얼음이 녹은 물은, 흐리지만 맑은
소리를 퍼뜨리며 산 아래 들판으로 강으로 '쏴쏴' 또 다른 바
람을 일으키며 내달린다.

봄이 흐르고 있다. 고정된 봄이 어디 있을까? 겨울에서 여
름으로 가는 길목에서 봄은 흐른다. 겨울인가 하면 봄이요, 봄
이 왔는가 하면 여름이다.

물소리가 매달려 사는 계곡 벼랑들을 둘러본다. 바위 틈틈
이 뿌리를 박고 자라난 나무들의 거무튀튀한 가지에서 연초록
나뭇잎들이 톡톡 튀어나와 '아하하하' 웃으며 다가온다.

제4부

서로 다른 꽃이 핀다

한쪽에선 꽃이 피고 다른 한쪽에선 꽃잎이 떨어지는 날들이 이어지고 있다. 인간세상은 예상한 대로 끊임없이 불안하다. 정치에서 시선을 거두고 싶어도 그럴 수가 없다. 인터넷 검색을 하지 않더라도 이웃사람이 놀러 와서 정치 얘기를 꺼낸다.

인터넷에 들어가 보니 광우병 이야기로 난리가 났다. 꽃잎이 바람에 휘날리는 하늘을 보는 것만 같다. 꽃잎이야 보기나 좋지, 푸른 집에 산다하는 높고도 높은 사람은 이제 보고 싶지도 않고 그에 대한 얘기도 듣고 싶지가 않다.

그러나 어쩌랴. 눈과 귀가 있는 것을. 주민자치를 지향하는 시대이니 적극적으로 정치에 참여하는 것이 도망치는 것보다 쉬운 일이 아닐까? 나름대로 살고 싶은 세상을 그리며 각자의 주장을 펼치는 것을 주저할 이유가 무엇인가? 다만 우려되는 것은 폭력이 난무하는 상황이 오는 것이다. 갈등은 대화를 통해 풀어야 한다는 것을 모르진 않지만 그것이 쉽지 않음을 지금까지 보아온 탓이다. 무고한 사람들이 권력의 손아귀에 잡혀 사라지는 일이 또 벌어질지도 모를 일이다.

섬뜩한 추측을 털어버리려 밭으로 나갔다. 고추모종을 심기 위해 밭에 거름을 뿌리며 보니 그새 풀들이 푸릇푸릇한 점들을 박으며 검갈색 밭의 거무튀튀한 모습을 바꾸었다. 뭔가 솟아나는 기운이 느껴진다. 보기에 나쁘지가 않다. 허나 그대로 놔두려니 뭔가 꺼림칙하다. 자신이나 가족의 먹거리를 마련한다는 차원에서 짓는 농사라면 풀을 놔두어도 상관없을 수 있다. 그러나 작물의 종류에 따라선 단 한 알의 열매도 얻을 수 없는 것들이 있으니 적으면 적은대로 먹으면 되지 않겠느냐는 생각도 통하지 않을 때가 있다.

가족이 먹고 조금이나마 팔아서 생활에 보태야 하는 나로서는 풀을 놔두며 농사를 지을 수는 없다. 그렇다고 제초제를 쓸 생각까지는 없다. 제초제를 쓸 만큼 많은 농사를 짓지도 않지만 제초제라는 말만 들어도 거부반응이 일어나는 탓이다.

어떤 귀농인의 얘기에 의하면 농민들이 제초제를 쓰면서부터 포용력을 잃고 자신의 삶이나 생각과 다른 사람을 배척하는 사고방식이 폭넓게 번졌다고 한다. 군사문화와 산업화라는 차가운 얼굴과 밭이나 논에 제초제를 뿌려 원하는 작물 이외의 풀들을 말끔하게 제거시키는 농사의 얼굴은 서로 닮았다.

누구보다 포용력이 있었던 농부들의 얼굴 모습은 이제 자신 이외의 어느 누구도 옆에 두지 못하는 제초제 같은 얼굴이 되었다.

거기에 더해 농촌에 정부 지원금이 들어오면서 이런저런 연줄을 통해 정치인이나 관료들과 이어진 사람들 중심으로 혜택이 분배되면서 마을과 마을 그리고 마을 사람들 간에 균열이 점점 깊게 패이고 있다. 내게 도움이 되면 이웃이고 아니면 몰아내야 할 적이다.

오늘의 상황이 씁쓸한 것이야 어찌할 것인가? 그렇다고 따라하며 살 생각은 없으니 나름대로 방어하며 살아갈밖에. 얼마 전 잡지에 보낸 짧은 글 하나를 덧붙이며 글을 맺는다.

봄비와 함께 봄바람이 불어오는 날들이 이어지고 있다. 그런 가운데서도 기온은 차가운 맛을 쉽게 내버리지 못하고 끈질기게 겨울의 뒷모습을 내보인다.

전화가 왔다.

"아, 반장인데요. 잘 계시죠?"

"예, 그럭저럭 살고 있습니다."

"예에, 다름이 아니고요. 이번에 4반에서 길 청소를 한다며 같이 하자고 해서 그렇게 하기로 했거든요. 별일 없으면 내일 8시까지 삭도로 좀 나오십시오. 4반이 삭도에서부터 산 위까지 한다니까 우리 3반은 산 밑에서부터 삭도까지 하면 될 것 같습니다."

잠결에 전화를 받았다가 끊고 나니 뭔가 개운치 않은 것이 있었다. 다시 잠자리에 들었으나 잠은 이미 달아났다. 영 기분이 좋지 않다. 이젠 누군가가 나오라 들어가라 하는 것이 싫다. 봄 청소라니? 마을 진입로 풀베기와 겨울철 눈치우기 등은 마을사람들의 공동 작업으로 공감대가 형성된 상태다. 그러나 봄 청소라는 것은 마을 사람들끼리 의논해본 적도 없었다. 마을 전체가 움직이는 일을 반장이 혼자 결정해서 통보를 한 것이었다.

전화를 걸었다.

"마을 사람들을 모두 불러내 청소를 하려면 반상회라도 열어서 토론을 거친 다음에 날짜와 시간을 정해서 해야 하는 것 아닙니까?"

"글쎄요. 사소한 일인데요 뭐, 시간이 없으면 나오지 않으셔도 상관없습니다."

"그게 사소한 일이 아닙니다. 나가지 않으면 뒤에서 개새끼라고 욕을 해대는 걸 알지 않습니까?"

전화를 끊고 창문 밖을 바라보니 오늘도 우중충하니 빗발이라도 날릴 기세다.

마을일이라며 사람을 오라 가라 하는 일이 다반사인 것이 이런 시골의 일상이다. 생각하면 어이없는 일이다. 각자의 일정이 있고 생활이 있고 계획된 일이 있는데 그런 것은 아예 무시하거나 고려조차 하지 않는다. 마을일이라면 개인의 사정은 다 제쳐두고 참가해야 한다는 묵계가 형성돼 있다. 공무원이 어떤 일을 추진하려고 왔을 때도 확성기를 통해 마을회관에 한 사람도 빠짐없이 다 모이라고 강권한다.

시대는 개인을 더 중시하는 21세기 자본주의 사회이건만 이곳의 현실은 그렇지 않다. 그러나 가만히 들여다보면 농촌 공동체라는 것도 이미 존재하지 않는다. 자신의 사적인 이익 추구를 마을이나 국가 뒤에 숨어서 할 뿐이다.

나는 봄 청소에 나가지 않을 것이다. 새농촌 건설운동을 비롯한 이런저런 강제적인 사람몰이에 참가하지 않다보니 나는 마을 안에선 이미 개새끼가 되었다. 한번 하기가 어렵다는 말은 맞는 말이었다. 한번 개새끼가 되고 나니 두 번 세 번은 어렵지가 않았다. 세상의 흐름을 따를 것인가? 자기 나름대로의 인생을 살 것인가? 그건 전적으로 개인의 선택에 따른 문제다. 일반적인 삶의 방식을 거부하는 것도 그 흐름을 따르는 것만큼이나 소중한 삶의 방식이다. 봄이다. 서로 다른 모양과 색깔의 꽃들이 피어나기 시작했다. 세상이 한 가지 꽃만으로 덮인다면 멋있을 수는 있다. 그러나 개개 꽃의 입장이 되어 본다면 그건 숨 막히는 세상이다. 나는 숨 막히는 세상에 살고 싶은 마음이 없다.

가을로 가는 길목에 서서

　"서울대 사회발전연구소가 행정안전부 의뢰로 내놓은 '노블레스 오블리주 지표 개발을 위한 연구용역' 보고서에 따르면 한국사회의 '노블레스 오블리주'(사회지도층에 요구되는 높은 수준의 도덕적 의무) 지수는 26.48점으로 합격선인 66점에 턱없이 부족했다. …… 조사대상이 된 직군 중 사회적 위치에 걸맞은 의무를 그나마 가장 잘 수행한 집단은 대학교수(45.54점)인 것으로 나타났다. 다음으로는 언론인(40.67점), 의사·변호사·회계사 등 전문직(30.68점), 검찰간부·대법관 등 고위법조인(29.34점), 대기업 최고경영자(CEO)·고위임원(28.12점), 고위공무원(26.40점) 순이었다. 가장 도덕적이지 못한 집단으로는 16.08점을 얻은 국회의원·정치인이 꼽혔다."

　인쇄해 놓았던 연합뉴스 7월 23일자 기사를 다시 읽으며 한국이라는 나라가 틀을 유지하고 있다는 것이 오히려 이상하다는 생각이 떠올랐다. 사회의 근간을 이루는 사람들의 도덕적 의무 이행 수준이 이 정도라면 그 사회는 스스로 무너지는 것이 당연한 일이 아닌가? 조선시대에 버금갈 정도로 신분이 나뉘어 있는 사회에서, 고위직을 차지한 사람들이 자신의 신분에 걸맞은 특혜를 누리면서 지불해야 할 사회적 대가에는 전혀 관심을 두지 않거나 거부하는 현실이 광범위하게 퍼져 있는데 어찌 그 사회 형태가 유지될 수 있을 것인가? 그럼에도 버젓이 국가형태를 유지하고 있다는 것이 못내 이상하다.

국민이 국가의 주인임을 분명히 한 헌법에 비추어 본다면 '사회 지도층'이라는 말은 어패가 있는 말이다. 수인을 누가 지도한다는 것인가? '사회 지도층'이라는 말을 거리낌 없이 사용하는 사람들의 의식 속에는 근대 이전의 왕조시대가 들어가 있음이 분명하다.

돌아보면 조선 말기의 왕조를 이끌던 사람들은 실패한 사람들이다. 자신들이 이끌던 나라를 통째로 일본에게 넘겨주었으니 더 이상의 말이 필요할까? 그런데 역사의 흐름이란 것도 이상하기만 한 것이, 넘겨진 나라가 넘겨준 사람들의 손으로 다시 돌아왔다. 이 무슨 하늘의 장난질인가? 하긴 어찌 보면 일본에서 미국으로 지배계층이 바뀌었다고 볼 수도 있다. 다른 나라가 쳐들어온다고 해도 스스로의 힘으로는 방어조차 마음대로 할 수 없는 것을 보면 이 나라가 독립국가라는 것에 대해 갸우뚱 고개를 저을 수밖에 없는 것이 현실인 까닭이다.

전시 작전권을 돌려준다고 해도 싫다고 하는 사람들이 이 나라의 '사회 지도층'이고 보면 더 말해 무엇하랴. 국가 방위가 다른 나라의 손 안에 있는 나라가 과연 독립국가일까? 거기에 덧붙여 경제·문화·정치·학문 등 미국의 영향은 실로 막강하게 이 나라를 좌지우지하고 있다. 한국은 독립국가가 맞는 것인가?

한국이 독립국가이건 아니건 사실 나는 별로 관심이 없다. 국가라는 틀을 좋아하지도 않을뿐더러 국가라는 틀 안에서 모든 것을 바라보려는 시선을 곱게 보지도 않기 때문이다. 다만 국가라는 틀이 그 안에서 살아가는 사람들의 삶 자체를 규정할뿐더러 목숨까지도 쥐락펴락 하는 현실을 인정하지 않을 도리가 없다. 인정하고 싶지 않아도 인정할 수밖에 없는 국가라는 울타리 안에서 살아가야 한다면 그 모습을 민주적으로 변화시킬 방법을 고민해야 한다는 생각에 다다른다. '사회 지도층'이라고 하는 사람들의 도덕적 의무에 대해 생각해보는 것도 그런 이유에서다.

'사회 지도층'이라는 말은 민주주의를 지향하는 현대국가에선 '사회 권력층'이라는 말로 대체되어야 한다. 권력층 중에서도 자본 권력이 핵심을 이루는 사회가 된 것이 작금의 한국사회다. 자본 권력의 중심에 서있는 삼성은 이미 국가권력의 핵이 되어 있다. 아무도 삼성을 건드리지 못하며 그들의 뜻에 따라 한국이라는 사회가 움직이고 있다. 이 나라의 불행이라고 할 점은 자본 권력을 감시해야 할 언론이 오히려 그들의 편에 서서 스스로 권력이 되었다는 데 있다. 그러니 이제 방송까지 품에 안고 나아갈 기반을 마련한 자본 권력의 발걸음을 막아설 자 누구일까?

시선을 돌려 지역의 사회 권력층을 둘러봐도 별다른 차이점은 보이지 않는다. 얼마 전 자치단체에서 벌였던 세계적인 심포지엄 행사를 두고 봐도 그렇다. 행사 위원장이 사기를 친 것인지 아니면 관련 공무원들이 너무나 순박한 사람들이어서 그런지는 알 수 없으나, 무엇인가 잘못된 점이 드러났으면 누군가가 책임을 져야 되건만 그러한 모습은 좀체 눈에 들어오지 않는다. 심포지엄을 열어놓고 토론 하나 벌이지 못했으면서도 세계적인 석학과 토론할 사람이 없어서 토론을 벌이지 못했다는 어이없는 항변이나 하고 있는 모습을 대체 어떻게 봐주어야 할까?

잘못한 것이 무엇인 줄을 모르니 책임을 지지도 않는 것은 당연하다. 아무도 잘못한 사람이 없고 따라서 아무도 책임을 지지 않는다. 그러니 돈을 먹은 사람만 똑똑한 사람이 되고 복지나 교육 등에 집중 투자되어야 할 국민 세금은 허공에 떠다니다 사회 권력층이란 사람들의 입으로 들어간다.

돌이켜 생각해보면 잘못한 일이 무엇인 줄 몰라서 그런 것만은 아닌 듯하다. 지역의 공무원들은 지역사회의 권력층 중 커다란 부분을 형성하고 있다. 그들은 지역의 '어르신'이다. 어르신들은 아랫것들이 머리를 숙이고 비위를 맞춰주면 거기에 맞춰 자신의 힘을 거들먹거리며 행사하길 좋아한다. 자신에게 맡겨진 권력이 사적인 소유물인 양 은전을 베풀듯이 사용한다. 그러니 커다란 행사를 진행하면서도 담당자가 자격이 있는 자인지 아닌지는 관심 밖이다. 그저 무리 없이 행사가 끝나기만 하면 된다. 좀 문제가 있다 쳐도 별로 신경 쓰지 않는다. 윗사람이 한 일을 아랫것들이 왈가불가 하는 것이 버릇없는 행동으로 보일 뿐이기 때문이다.

군청에 가면 느낌이 덜하지만 면사무소에 가면 아직도 공무원들이 주민을 대하는 태도가 가히 볼썽사납다. 어찌 보면 거만하게 다가오기도 한다. 노인에게 반말로 대하는 공무원도 눈에 띈다. 용무를 보러 담당자를 찾아가면 자리에 앉으라는 말도 없다. 서류를 발급할 때도 봉투에 넣어 공손히 주는 것이 아니라 접지도 않은 채 툭 던져준다. 주민에 대한 봉사 개념은 젖혀두고 인간에 대한 기본적인 예의조차 저버린 이런저런 행동들이 지역의 면사무소에서는 자연스러운 모습으로 나타나고 있다.

주민과 얽혀있는 직접적인 일들은 이장 반장을 통하여 일처리를 하고 있어서 그런지, 민원을 넣을 때도 이장을 통하지 않고는 접수조차 하지 않으려 한다. 행정편의주의를 넘어 자신들의 권력을 확고히 구축하려고 하는 듯한 자세다. 중간에서 일처리를 도맡아 하는 이장 반장을 두고 자신들은 위에서 지시를 하는 형세다. 이장 반장이 일제강점기 지주 밑에서 소작인들을 관리하던 마름의 역할을 하고 있다. 공무원들은 이장 반장만 잘 관리하면 대부분의 일은 무리 없이 흘러간다. 그러니 지역민에겐 이장도 벼슬아치다.

얼마 전 내가 사는 하동면에선 면장 명의의 안내서가 각 가정에 배달됐다. 지금의 하동면을 '김삿갓면'으로 바꾸는 데 따른 주민들의 의견을 듣고자 이장이나 반장이 방문할 것이니 허심탄회하게 자신의 의견을 밝혀달라는 내용이었다. 그런데 막상 반장이 방문해서 내민 종이엔, 면의 명칭을 '김삿갓면'으로 바꾸는 데 찬성하는 사람은 '찬성'란에, 반대하는 사람은 '반대'란에 동그라미표를 하라는 것만이 다였다. 그것도 각 가정의 세대주 한 명의 이름만 올라 있어서 아내는 자신의 의견을 표할 자리조차 없었다. 말만 주민 의견 수렴이지 이미 결론을 짓고 그 근거를 서류로 마련해 놓으려는 수작임이 누가 보더라도 명확했다. 그건 그렇다 치더라도 세대주를 제외한 성인들의 의견은 어찌 되는 것인지, 허허 헛웃음만 나올 일이었다.

공무원들이 주민들 위에 군림하고 있지 않다면 있을 수 없는 일들이 버젓이 벌어진다. 물론 공무원들이 그런 몸짓을 계속 유지하고 있는 반면에는 주민들의 잘못이 도사리고 있다. 그들에게 머리를 조아리며 이웃보다 좀 더 많은 혜택을 얻어내려 안달하는 모습을 보면 공무원들을 탓할 일만도 아니다. 알아서 굽실거리는 사람 앞에서 목을 뻣뻣이 세우지 않을 사람이 얼마나 되겠는가?

입추가 지난 지도 며칠이 흘렀다. 김장 배추 씨앗을 모종 상자에 넣어 며칠 간 물을 주니 파릇한 새싹이 돋아났다. 내 집의 가을은 그렇게 이미 왔다. 잘못을 했으면 책임을 느끼고 사죄를 해야 다음에 그런 일을 되풀이 하지 않을 수 있다. 그렇지 않고 얼렁뚱땅 넘어간다면 행사비용으로 지출된 국민의 세금은 제대로 허공에 뿌려졌다고 볼 수 있겠다. 군수를 비롯한 공무원 여러분들이 자신을 돌아보는 가을이 되길 빌어본다. 아울러 허리와 목을 뻣뻣이 세우고 공무원들과 당당한 자세로 얘기를 나누는 주민들을 보고 싶다.

저 새를 어찌 가둘 수 있으랴

이태백의 시에, "청풍명월은 일전이라도 돈을 들여 사는 것이 아니다(淸風明月不用一錢買)"라고 하였고, 소동파의 「적벽부赤壁賦」에 이르기를, "저 강상江上의 맑은 바람과 산간의 밝은 달이여, 귀로 듣노니 소리가 되고 눈으로 보노니 빛이 되도다. 갖자 해도 금할 이 없고 쓰자 해도 다할 날이 없으니, 이것은 조물造物의 무진장이다"라고 하였으니, 소동파의 뜻은 대개 이태백의 시구에서 나온 것이다. 무릇 바람과 달은 돈을 들여 사지 않을뿐더러, 그것을 가져도 누가 금할 이가 없는 것이니, 태백과 동파의 말이 진실이다. 그러나 맑은 바람과 밝은 달을 즐길 줄 아는 사람은 세상에 몇 사람 되지 않고 맑은 바람과 밝은 달도 일 년 동안에 또한 몇 날도 되지 않는다. 가령 어떤 사람이 이 낙을 안다 할지라도 세속 일에 골몰하여 정신을 빼앗기거나 혹은 장애로 인하여 비록 그를 즐기려 해도 즐기지 못하는 자가 있다.

얼마 전에 김동완이라는 친구가 책 한 권을 보내왔다.

『숨어사는 즐거움』(김원우, 솔출판사). 은둔과 풍류 이야기라는 부제가 붙어있기도 한 이 책을 보면서 나는 새롭다거나 감동적이라거나 삶의 깊이가 다가온다거나 하는 그런 느낌을 받은 적은 없었다. 그럼에도 불구하고 끝까지 이 책을 읽은 이유는, 보내준 책을 읽어보지도 않고 책꽂이에 꽂아두는 것이 마음에 걸렸던 까닭이었다.

그렇다고 아무런 재미도 없는 글을 억지로 읽었다는 뜻은 아니다. 허균과 그 시대의 선비들을 생각해보며 사연과 권력과 인간을 연결해보는 맛은 담백한 국수 한 그릇을 먹어보는 것과 같았다.

서두에 인용한 글은 『숨어사는 즐거움』에서 맛볼 수 있는 담백한 맛을 잘 보여준다고 생각된다. 인위와 대조적인 위치에 있는 것들을 자연이라고 한다면, 현대의 인간들은 생활하는 곳이 도시이거나 시골이거나 간에 자연보다는 인위에 가까운 삶을 살고 있다고 보아진다. 이곳 산속에서도 잠깐잠깐씩 주어지는 여유로운 시간의 많은 부분을 텔레비전 앞에서 보내는 사람이 대부분이다. 도시에서 찾아온 사람들도 잠시의 시간이나마 자연과 벗하며 지내지는 못하는 것 같다. 사방을 둘러싼 산과 구름·나무·바람 그리고 새소리·물소리에 "좋다 좋다" 소리를 연발하며 분주하게 사진을 찍거나 술과 고기를

먹거나 한다. 과도한 경쟁에 눌렸던 마음을 이곳에서나마 잠시 내려놓는 여유를 보이는 사람은 많지 않다.

그나마 여유를 보이는 사람도 자연을 즐기려 할 뿐 자연과 교감하며 하룻밤이나마 보내다 가는 사람은 찾아보기 어렵다. 『숨어사는 즐거움』에 나오는 많은 토막글들도 세속에서의 도피와 자연을 즐기는 생활에 대하여 말하고 있다. 이는 허균이 자신을 반성하기 위해 모아놓은 글이란 한계를 가리키기도 한다. 다만 다음과 같은 글들 또한 간혹 보이는 것이, 자연을 그 상태 그대로 보려 했던 다른 노력들의 흔적을 보는 것 같아 반가웠다.

　　진나라 곽우郭瑀는 젊어서부터 세속을 벗어난 운치가 있었다.
바위굴에 숨어사는데, 장천석張天錫이 사자를 보내 예물을 갖추어
초빙하자, 곽우가 사자에게 날아가는 기러기를 가리키며 이렇게
말하였다.
　　"저 새를 어찌 가둘 수 있으랴."

　이 짧은 글을 읽고, 나는 지금 쓰고 있는 글의 제목으로 곽
우의 말을 따오는 데 주저하지 않았다. 도피가 아니라 당당한
선택의 모습이 비쳐졌기 때문이었다. 선택의 문 앞에서, 선택
을 하는 사람과 도피적인 삶 쪽으로 가는 사람의 거리는 상당
할 정도로 벌어지게 된다는 걸 나는 보아왔다.
　선자의 경우에는 몸가짐부터 자연스럽고 힘이 있다. 무엇을
하더라도 무리 없이 물 흐르듯 처리한다. 그러나 후자의 경우
에는 삶에 대한 회의적인 마음의 골이 깊어만 간다. 새소리도
물소리도 바람소리도 달과 구름이 자신을 부르는 몸짓도 부질
없이 다가오기만 한다. 세상에 위안이 되는 것이 없으니 술에
빠져들거나 더욱 깊은 골짜기를 찾는다.

　내가 원하든 원하지 않든 상관없이 이 산골까지 찾아와 내

게 하나님을 믿으라고 강요하는 선교사들이 있다. 그들 중에 어떤 이한테 다음과 같은 질문을 던진 적이 있다.

"가만히 있는 사람을 왜 그렇게 가만히 놔두지 못하는 겁니까?"

그는 기다렸다는 듯 다음과 같이 말했다.

"잘못된 길을 가고 있는 걸 뻔히 알면서 어떻게 그냥 놔둘 수 있습니까?"

믿음의 눈으로 보았을 때 나는 분명 잘못된 길을 가고 있음이 분명할 것이었다. 그가 믿는 신을 나는 믿지 않고 있으니 그의 주장이 이해가 되지 않는 것도 아니었다. 그러면서도 나는 답답함을 느꼈다. 이 사회에서 내가 조상에게 제사를 지내며 자라왔듯이 특정한 종교가 생활이 되어 있어 선택의 문제로 다가오지 않는 상황이 아니라면, 개인에게 있어 믿음은 언제나 선택의 문제로 다가오게 마련이다. 특정 종교의 신을 믿으며 인생을 살아가느냐 그렇지 않고 다른 삶을 선택하느냐는 언제나 개인의 문제이다. 이미 자신의 길을 선택한 사람에게는 그 사람이 가는 길을 지켜봐 줄 수 있어야 하고, 선택하지 못한 사람에게는 스스로 선택할 수 있도록 강요하지 말아야 한다. 선택하지 않으려 하거나 선택할 마음이 없는 사람은 이미 그 자체가 선택한 거라고 보아주어야 한다.

자연은 하나의 흐름이기에 막힘이 없다. 무엇인가 막힘이 있다면 자연스럽다고 말할 수는 없다. 자연을 통일이나 자유의 개념으로까지 넓힐 수 있는 것은 이러한 근거에 의해서이다. 스스로 그러한 모습 속에서 나와 너의 모습을 찾으며 살아가는 것이 자연스런 삶을 선택한 사람들의 몫이다.

도피도 나쁘다고 할 수는 없고, 즐기는 삶도 좋으나, 자신을 존중하듯 자연을 존중하며 살아갈 수는 없을까? 자신을 바라보듯이 자연을 바라볼 수 있다면 선택의 문제는 어려운 일이 아니다. 다만 선택을 하였든 하지 않았든 다음과 같은 생활의 문제는 또 다른 문제로 다가온다.

어떤 선비가 가난에 쪼들린 나머지 밤이면 향을 피우고 하늘에 기도를 올리되 날이 갈수록 더욱 성의를 다하자, 어느 날 저녁 갑자기 공중에서 말소리가 들려왔다.

"상제上帝께서 너의 성의를 아시고 나로 하여금 네 소원을 물어오게 하였노라."

선비가 대답하기를,

"제가 원하는 바는 아주 작은 것이요, 감히 지나치게 바라는 것이 아닙니다. 다만 이승에서 의식이나 조금 넉넉하여 산수 사이에 유유자적하다가 죽었으면 족하겠습니다"라고 하였다.

그러자 공중에서 크게 웃으면서,

"그것은 하늘나라 신선의 낙인데, 어찌 쉽게 얻을 수 있겠는가,

만일 부귀를 구한다면 얻을 수 있을 것이다"

나 또한 선택은 하였으나 생활의 문제가 진정 문제였다. 결혼을 하여 아이까지 낳았으니 내 목숨 하나 이어가던 때와는 문제가 달랐다. 땅을 구하여 농사를 짓기 시작했다. 농사를 지으니 마을 사람들과 부딪히는 일들이 많아졌고 그에 따라 술을 마시는 일들이 더욱 많아졌다. 음료수 잔에다 가득 부어주는 투명한 소주, 한 잔은 정이 없어 두 잔이 되고 두 잔은 짝수라 아니 된다 하여 세 잔을 들이켜고 나면 하루 일은 끝이었다. 싸우고 울고 웃는 하루하루가 다시 시작됐다.

그래, 도피하지는 말자. 생활에 눌리지도 말자.

흔들릴 때마다 마음을 다독이던 날이 얼마였던가? 밭을 매다가 지루해지면 나는 멀리 산을 무심히 바라다 볼 때가 많다. 그러다보면 내 시야를 가로지르며 한 마리 새가 날아가기도 한다.

파도소리 그리고 분봉

　한 달 전, 굴피에 진흙을 바른 벌통을 사서 지게에 지고 오던 날에는 벌통에서 '싸이 싸아' 파도소리가 났다. 딴에는 벌통이 움직이지 않게 평형을 유지하면서 걷는다고 걸었으나 보자기로 감싼 벌통은 발을 옮길 때마다 흔들렸다. 왼발을 내딛으면 밀려왔다 오른발을 내딛으면 밀려가는 벌들의 날개소리. 산속에서 파도소리를 들으니 벌들도 파도였다는 사실이 새삼 아프게 다가왔다.

　그렇게 왕근네 집에서 옮겨다 놓은 벌이 오늘은 분봉을 했다. 마침 고추를 심는 일을 도와주러 온 포도밭집 부인이 벌통 앞마당 위의 공간을 꽉 채우며 분주하게 맴돌고 있는 벌떼를 발견하고는 저거 보라며 손짓을 했다. 범접하기 어려운 기세로 떼를 지어 맴돌던 벌들은 점차 마당을 벗어나 집 옆의 잣나무 쪽으로 가는가 싶더니 그것도 지나쳐 소나무 숲으로 들어가 숲가의 나무 위턱에 붙었다.

"내가 술만 안 마셨으면 따다 주겠는데……"

경험이 없는 내가 부탁을 하자 포도밭집 영준 씨는, 술 냄새만 맡으면 벌이 떼로 덤빈다며 고개를 저었다. 집 근처를 지나던 왕근이 아버지를 불러 부탁을 했으나 그도 승낙을 하지 않았다. 벌통의 뚜껑으로 사용하는 굴피에 꿀을 묻혀, 벌떼를 옮겨 붙게 하여 빈 벌통에 넣어야 되는 일이었으나 준비해놓은 꿀도 없었다. 다행히 벌을 치지 않는 용해네에 꿀이 있다 하여 얻을 수 있었다. 꿀은 있으나 빌려줄 수는 없다는 포도밭집 부인의 말이, 잠깐이나마 기분을 좋지 않게 만들었던 것은 나의 무지에 의한 결과였다. 벌을 기르는 집에서는 꿀을 빌려주지 않는다는 법이 있다는 것을 어찌 알았겠는가?

사다리를 놓고 올라가서도, 썩어가는 소나무 가지를 잡고 내 키만큼의 높이를 더 올라, 겨우 생가지 위에 몸을 의지해서, 나무 밑에 앉은 왕근이 아버지의 지시를 받아가며, 한 줌의 약쑥을 이용해 벌떼를 굴피로 몰아붙여 줄에 매달아 내려보내는 작업은 생각만큼 쉽지 않았다. 왕근이 아버지가 한 마디로 거부를 한 것도 이해가 되었다.

그나저나, 분봉을 위해 기존의 벌통을 빅차고 날아올라 휘돌며 날아가는 벌들의 모습에선 슬픔의 파도소리가 들려오지 않았다. 한결 맑고 밝은 기운이 젊음의 폭풍처럼 일어나고 있었다.

녹음 속에 가을은 있다

새벽, 햇살이 산 위로 퍼지니 골짜기에 깔린 구름이 산 위로 오른다. 이윽고 산 중턱까지 올라 내 집을 감싼다. 나를 둘러싼 것들이 구름에 묻힌다. 앞이 막히고 옆이 막히고 집 앞의 길 또한 막힌다. 가만히 서서 하늘을 보니 구름은 햇살 아래서 꿈틀거릴 뿐이다.

오르던 구름이 나를 지나쳐가니 보이지 않던 것들이 다시 보인다. 그러나 강에서 피어난 안개구름이 골짜기로 밀려들어와 또다시 들썩들썩 산 위로 하늘로 퍼져 오르기 시작했다. 아침은 그렇게 왔다.

어제는 바람이 불더니 천둥 번개가 하늘을 가르며 땅을 울렸다. 수풀 속의 쑥대나 숲의 나무줄기나 처마 밑 벽에 기어올라 자신의 허물을 걸어놓고 세상에 나와 울어대던 매미의 울음소리도 더 이상 들리지 않았다. 천둥 번개의 세상에 바람과

비는 내려쳐 벌도 나비도 새도 인간도 보이지 않았다.

그렇게 밤을 맞았다. 암흑을 갈가리 찢는 소리와 빛의 세계였다. 어느 순간 '꽝' 소리가 나며 빛이 번쩍하더니 '딱' 소리와 함께 전등불이 나갔다. 한전의 작업차가 다녀간 뒤로 텔레비전이며 비디오 같은 가전제품에서부터 보일러와 건조기까지, 집집마다 한두 가지 씩은 동작조차 되지 않았다. 용해네에서는 암소까지 죽었다. 반장 집에서는 농업용 전기설비를 태운 벼락이 헛간의 기둥을 날려버리고 고추밭으로 나가 불규칙한 선을 그으며 고추를 태웠다. 자세히 살펴보니 밭가의 옥수수도 갈가리 찢어놓고 산등성이 볼록한 곳으로 나간 흔적이 보였다.

"생전 처음 겪어보는 일일세."

육십이 다 된 반장은 어두운 얼굴빛을 감추지 못한 채 허둥대었다.

대부분 사람들의 밭은 무사했다. 오히려 더욱 푸르고 싱싱한 빛이 밭 위를 흐르고 있었다. 매미소리도 다시 울리기 시작했다. 내 집의 헛간 안에선, 깡통 안에 둥지를 튼 작은 새의 알 네 개 중 세 개가 부화하여 새끼들이 털도 나지 않은 붉은 몸을 드러냈다.

용해네에 모인 사람들은 피가 뚝뚝 떨어지는 소의 간을 소금에 찍어 먹으며 술잔을 돌렸다. 한껏 푸르름을 머금은 지상의 식물들 한쪽에 소의 내장이 다라이에 담겨 햇살을 받아들이고 있었다. 파리들이 힘 있게 날며 부근을 떠나지 않았다. 사람들은 너나없이 지난밤을 이야기했다.

저녁 무렵엔, 해가 떨어지기 전에 남은 생을 즐기려는 듯 잠자리들이 떼를 지어 날았다. 산등성이와 등성이 사이 작은 계곡의 펑퍼짐한 공간을 메우며 어지러이 날아다니는 잠자리들의 몸짓은 부드러웠다. 소리도 없고 빛을 발하지도 않았다. 다만 모이고 모여 자신들만의 은은한 물결을 만들었다.

문득, 계곡의 물줄기가 어제보다는 요란한 소리를 일으키며 산 아래로 달려가고 있음을 알 수 있었다. 바라보면 여름이 무르익은 숲과 들판에 가을은 이미 조용히 내려앉았다. 짙은 녹음 아래 머루, 다래는 통통히 살을 키우고 산복숭아, 개금도 보기에는 먹음직하다. 도토리도 나뭇잎 아래 콩알만 한 몸을 숨겼다. 어디를 둘러보아도 가을은 이미 다가와 있다. 물소리가 잦아지고 나뭇잎의 푸르름이 더는 진하게 될 수 없을 때가 되면 가을은 모습을 드러낼 것이다.

하루해가 넘어가면서 바람이 산 위에서 아래로 불고 있다. 하루를 일 년으로 빗대본다면, 가을바람이 산야의 생물들을 어루만지며 불기 시작했다.

흐름

산 중턱의 집에서 산 아래로 내려가다 보니 길가의 나무며 칡넝쿨의 잎이 노랗거나 붉게 물들어 있는 모습이 새로운 느낌으로 다가왔다. 하루 이틀 전만 하더라도 별다른 느낌을 갖지 못했다. 예쁘기도 하고 슬프기도 하고 아프기도 하면서 한편으론 따사로운 감동으로 다가오기도 하는 산길은 가을도 끝에 이르렀음을 얘기하고 있었다.

산길만이 그런 건 아니었다. 읍내로 이어진 강가의 풍경도 단풍의 행렬로 이어지고 있었다. 푸른 산은 어디 가고 울긋불긋한 산들이 다가오면서 멀어졌다. 단풍의 물결이 끊어졌을 때는 어느덧 읍내였다. 트럭의 고추와 들깨를 아내와 아이와 함께 방앗간 앞에 내려놓고 함께 탔던 호수 씨를 시외버스 터미널까지 태우고 가서 내려주었다.

호수 씨는 내가 사는 곳에서 그리 멀지 않은 대야리에서 형과 함께 어머니를 모시고 살고 있었다. 초등학교를 졸업한 뒤부터 안양에서 공장생활을 하다가 몇 년 전에 내려와 농사를 짓고 있었다. 재수가 없는 탓도 있었지만 해마다 의욕적으로 짓고는 했던 농사는 적자 아니면 다행이었다. 마흔 살이 넘은 형도 마찬가지였지만 삼십대 중반이었던 그도 결혼을 하지 못한 상태였다. 공장생활을 하면서 모았던 돈 천오백만 원도 어머니의 병원비로 써버리고 나서는 매일 술로 세월을 보냈다.

그의 집 밑에 있는 폐가에 떠돌이 조각가가 들어와 살기 시작한 것이 작년 봄쯤이었다. 그해 가을 무렵 호수 씨의 형은 조각가의 집에서 술을 마시다 그의 조각칼에 목이 찔리고 손도끼에 온몸이 찍혀 죽었다. 술만 마시면 사람을 욕하는 것이 유일한 재미인 것처럼 보이던 그의 형이었다. 형 못지않게 호수 씨도 술만 마시면 남에 대한 욕을 무차별적으로 해대는 버릇을 가지고 있다.

사기꾼이 될 만큼 머리가 영리하지도 못하고 깡패가 되거나 도둑질을 하기에는 힘도 용기도 없을뿐더러 그런 것은 나쁜 짓이라고 생각하는 도덕 윤리관에서 벗어나지도 못하는 사람이 호수 씨였다. 그래도 어찌어찌 살아보려고 거짓말만은 나름대로 제법 했으나 그것도 제 살 깎아먹는 수준을 벗어나지 못했다.

형이 죽은 사건을 계기로 호수 씨는 어머니를 데리고 누이가 산다는 제천시에 방 하나를 얻어 영월을 떠났다. 그리고 수

공업 형태의 작은 공장들을 전전하다가 두어 달 전부터는 실업자로 지내며 제천에서 이곳 산속까지 술에 취해 찾아오는 날들이 빈번해지고 있다. 술에 취하면 밤새도록 바락바락 소리를 지르는 형편이라, 더 이상은 안 되겠다고 생각되면 술을 치우거나 숨기고 주지 않았다. 그래도 그는 불현듯 영월에 와서는 나를 찾곤 했다. 이젠 반갑게 맞아주기는커녕 술 한잔 같이 하기도 꺼려하는 나이건만 그래도 찾아오곤 한다.

고추를 빻아서 상자에 넣어 형님들께 택배로 부치고 나서 차를 돌려 집으로 향하던 참이었다. 서울 변두리에서 영월읍내로 이사를 온 명진이가 생각났다. 그와 나는 대학생활을 함께했었다. 삼사 년 전에 눈이 나빠 직장생활을 그만 둘 수밖에 없었던 그는 아내의 월급에 의지하여 살아가는 신세가 되었다. 그러다 내가 사는 집에 부부가 함께 놀러왔던 게 계기가 되어, 아내가 영월읍내의 회계사 사무실로 직장을 옮기고 이사를 오게 된 것이 사 일 전이었다.

'기름이나 한 병 주고 가자'며 차의 방향을 명진이가 사는 아파트 쪽으로 돌렸다. 길을 잘못 들어섰다는 걸 안 것은 '이쪽으로 들이시면 어떡하냐'는 아내의 목소리를 들은 직후였다. 길이 갈라진 곳에서 서둘러 좌회전을 하려고 했으나 직진 신호는 보이는데 좌회전 신호가 보이지 않았다. (신호등 옆에 조그만 좌회전 금지 표지판이 걸려 있었으나 눈에 띄지 않았다.) 급히 차를 세웠다가 다시 출발하려는 과정에서 언덕길의 기울기에 의해 차가 약간 뒤로 밀렸다. 차 뒷부분이 어딘가에 부딪히는 것을 느꼈다. 택시였다. 직진을 하기 위해 내 차를 앞질러 가다가 접촉사고가 일어났다. 내려서 보니 택시는 앞문의 가장자리 부분이 입술 만하게 찌그러져 있었다.

나는 운전사에게 미안한 마음이 들었다. 상황이 어찌 되었거나 택시 운전사가 피해를 입은 것이었다. 그러나 운전사의 자세는 영 마음에 들지 않았다. 자신은 잘못이 하나도 없다고 큰소리를 치는가 하면 '당신 초보 아니냐'며 인신공격을 하기도 했다. 지갑에 들어있던 삼만 원을 쥐어주고 일을 마무리 하려 했으나 운전사는 콧방귀를 뀌며 어딘가로 휴대전화를 걸기에 바빴다.

24시간 현금 출납기가 있는 곳을 찾아가 이만 원을 찾아 보태서 운전사가 원하는 오만 원을 만들어 쥐어주고는 명진이네로 향했으나 기분은 구겨질 대로 구겨진 상태였다. '말 좀 곱게 하라'며 다짐을 주기는 했으나 주먹다짐이라도 했어야 좋았다는 생각이 불현듯 밀려왔다.

영월역 뒤편의 아파트에 찾아가 차를 마시는 동안 명진이는 전세금 일부를 받지 못한 채 이사를 올 수밖에 없었던 이야기를 펼쳐놓았다. 집 주인이 전세를 월세로 바꾸어 내놓으면서 돈이 없다며 전세금에서 팔백만 원이 모자라는 이천사백만 원만 내놓고는 다음 달 안에 어떻게 해주겠다며 확인서를 써주더라는 것이다. 모질지 못한 것이 죄일지도 모르는 세상에 명진이 또한 자리 잡고 있었다.

집으로 돌아오는 길에도 단풍은 화사한 행렬을 이루며 다가오면서 멀어져갔다. 경제적인 셈이 빠르지도 못하고 내 이익을 위해 약빠르게 싸우지도 못하니, 나는 어찌 보면 우둔한 인간이다. 내가 그러면 아내라도 그렇지 않아야 하겠거늘 아내는 나보다도 더 영악하지 못하다고 생각되곤 한다. 오늘도 그렇다. 잘잘못을 따지기는커녕 어서 원하는 대로 해주고 말라며 등을 쿡쿡 찌르던 아내였다. 하긴 그러니 나하고 결혼까지 해서 산속에 살고 있겠지만 말이다. 그리고 나 또한 재바르지 못하니 시를 쓰며 살고 있을 수밖에…….

좁쌀영감

"좁쌀여 좁쌀, 손해될 일은 요만큼도 안한다니까. 좁쌀영감이여."

기장 아빠는 고스톱을 치던 손을 들어 집게손가락 끄트머리를 좁쌀만큼 엄지로 가리키며 말했다. 기근 아빠가 오줌을 누러 나가자마자 또 욕이다. 좁쌀을 좁쌀이라고 욕하는 사람 또한 좁쌀이 아닐 리 없건만 상관없거나 나는 아니라는 투다.

이 좁디좁은 산골에서 살아가려면 사람의 가슴 또한 좁아야 마땅하다. 그래야 별 탈 없이 살아간다. 넓디넓은 가슴은 이런 산골짝엔 맞지가 않다. 품에 겨우 안을 만큼의 하늘 한 조각 가슴에 안고 살아야 한다. 좁쌀영감이 되어야 한다. 산골짜기가 되어야 한다. 저 들판과 바다로 나아가는 문이야 그저 쪼끔만 열어두고 살아야 한다. 산골에 사는 사람은 산을 닮아야 한다. 서로 좁쌀이라 욕하며 살아야 한다.

내가 이런 마음을 갖게 된 건 얼마 되지 않았다. 나도 처음

엔 사람들의 속 좁음이 답답하여 한숨이 절로 나오곤 했다. 그
렇다면 나는? 나는 넓디넓어서 사람들의 속 좁음을 탓하고 있
었는가? 물론 아니다. 나 또한 그들의 속 좁음을 탓할 만큼 속
좁은 인간이었다. 어찌 보면 나 스스로를 탓하고 있었다.

그러면 어찌해야 하나? 마음을 넓게 갖겠다고 다짐한다고
해서 즉시 담대한 인간이 되는 것도 아니지 않는가? 사람들
또한 마음에 들지 않는다 하여 면전에서 비판을 해봤자 사람
됨이 당장 바뀌는 일은 없다.

그냥 인정하자. 어차피 이런 곳에서 넓디넓은 마음은 맞지

도 않는다. 산골짜기, 딱 그만큼의 넓이를 가진 마음이면 족하다. 더 넓어봤자 무겁기만 하다.

마음을 정리하고 바라보니 산골 사람들의 얼굴이 곧 산골짜기였다. 그래, 인정하는 데서부터 시작하자. 산골짜기 작은 꽃송이 하나에서 우주를 바라보는 일도, 지금의 나, 나아가 사람들의 현재 모습을 인정하지 못한다면 가능한 일이 아니다.

인정하고 인정하여 한 마디 말도 할 수 없는 벙어리가 된다 한들 인정하지 못하여 답답함에 갇히는 것보다는 낫다. 최소한 감옥은 벗어나자. 나도 좁쌀이다.

오늘 하루를 바라보며

새벽이다. 눈이 쌓여서 그런지 어슴푸레하던 빛이 퍼런빛으로 번지면서 새벽은 왔다. 그리고 햇살이 동산 위로 밝게 비쳐지면서 하늘이 높아져 가고 있다. 이윽고 동산 위로 햇살을 펼쳐 올리던 해가 내 집 앞 소나무 가지 위에도 햇살을 내리더니 산 위로 제 모습을 드러내면서 집 안으로 햇살을 쏘아대기 시작했다. 헛간 지붕 위의 눈이 반짝이기 시작한 것도 그와 때를 맞춰서였다.

올해는 유난히 눈이 많이 내렸다. 무릎까지 푹푹 빠지는 눈의 세상이 어린 시절 이후 처음으로 내 앞에 펼쳐졌다. 하긴 처음 아닌 것이 무엇이 있겠는가? 시시각각 변화하는 우주만물이건만 이 내 눈이 보지 못하고 있으니, 그건 아마도 나라는 존재에 스스로 얽매여 있기 때문일 터이다.

너와 분리된 내가 있을 수 없고 자연과 분리된 내가 있을 수 없는데도 그러한 내가 존재하는 것처럼 생각하는 것은 착

각에 지나지 않는다. 하물며 나 또한 계속 변하고 있으니 '나'라는 존재는 가상의 공간에서나 가능한 존재인 것이다. 그러니 누구를 또는 무엇을 욕하고 미워할 수 있을까? 그럼에도 나는 나라는 존재에 얽매여 있다. 이 얽매임에서 나를 풀어내기 위해서라도 나를 포함한 세상을 그저 바라보고 싶다.

때마침 닥친 강추위로 눈은 녹지도 않고 있다. 마당에도 지붕에도 밭에도 눈은 쌓인 채 그렇게 있다.

바라보면 눈의 세상도 눈이 내리던 그날부터 지금까지 참 많이도 변해왔다. 쌓인 높이도 반으로 줄어들었고 부드럽던 눈도 표피가 얼어붙으며 딱딱한 겉층이 형성되었다. 드물지만, 양지바른 곳은 흙이 드러난 곳도 있다. 숲속의 눈 위엔 새들의 발자국과 네 발 가진 짐승들이 오간 흔적이 나무와 나무 사이에 드러나 있기도 하다. 다 눈이 쌓이던 날의 모습은 아니다.

흰 눈의 나라도 어제와 오늘의 모습은 같지 않다. 오늘은 오늘만의 몫이 있으며, 어제 속에도 또 내일 속에도 있을 수 없는 오늘이, 항상 세상 만물에게 주어지고 있음을 보게 된다.

찬란한 내일을 위해서 없어도 좋거나 희생당해도 좋은 오늘이 있을 수는 없는 것이며, 어제에 묶어 흘려버려도 좋은 오늘 또한 있을 수 없다. 마찬가지로 더 나은 공간을 찾기 위해,

더 멋있고 안락한 공간에 자신을 위치시키기 위해, 스쳐가는 자리가 되어야 할 곳이 있다는 말도 인정하기 어렵다. 중요한 것은 지금 여기서 내게 다가온 하루하루를 버리거나 거부하지 않고 기꺼이 맞아들이며 살아가는 것이다.

꼭 큰 의미가 있어야 할 필요는 없다. 부지런할 필요도 없고 최선을 다하려고 하거나 피를 토하는 열정이 없더라도 상관없는 일이다. 그런 것은 자신의 몫이요 자신의 선택이기 때문이다. 다만 인간세상에서 살아나가는 한 방법으로 내가 선택한, 시의 길에 한하여 만큼은 나를 속이지 않고 꾸준히 걸어 나갈 수 있기를 바란다.

산에 사는 사람은 산이 되고

초판 1쇄 발행	2016년 11월 30일
2쇄 발행	2017년 07월 30일

지은이	유승도
펴낸이	조기조
편집	백은주, 김장미
인쇄	주)상지사P&B
펴낸곳	도서출판 b
등록	2003년 2월 24일 제12-348호
주소	08772 서울특별시 관악구 난곡로 288 남진빌딩 401호
전화	02-6293-7070(대)
팩시밀리	02-6293-8080
홈페이지	b-book.co.kr
이메일	bbooks@naver.com

ISBN	979-11-87036-13-5 03810
값	12,000원

* 이 책 내용의 일부 또는 전부를 재사용하려면 저작권자와 도서출판 b 양측의 동의를 얻
  어야 합니다.
* 이 책은 강원도, 한국문화예술위원회, 강원문화재단 후원으로 발간되었습니다.
* 잘못된 책은 교환해 드립니다.